i

为了人与书的相遇

一场游戏

A SPORT AND A PASTIME

JAMES SALTER

一次消遣

[美] 詹姆斯·索特 著　杨向荣 译

广西师范大学出版社
·桂林·

≈

"詹姆斯·索特写出的句子胜过当今任何一个美国写作者,这在小说读者中是一个信仰。"

——理查德·福特

"詹姆斯·索特是极少数我渴望阅读其全部作品的北美作家之一。"

——苏珊·桑塔格

"在世的小说家中,没有人写出比《一场游戏一次消遣》更令我仰慕的作品……它是我所知道的最接近完美的美国小说。"

——雷诺兹·普莱斯

"詹姆斯·索特仅用一个句子就能令人心碎。"

——迈克尔·德达

"索特是那种最罕见的现象:实干家成为了一位成功的、比成功更卓越的艺术家——他的事业是海明威梦寐以求的。"

——约翰·班维尔

"索特的作品数量不多,但具有不寻常的敏锐、智慧和美妙。"

——乔伊斯·卡洛尔·欧茨

"一位敏感、传奇、智慧的作家,拥有一流的平衡感。"

——约瑟夫·海勒

"请记住人生在世不过是一场游戏,一次消遣……"

《古兰经》,LVII 19

1

九月。这些阳光明媚的日子似乎永远不会结束。八月那段时间,全城空空荡荡,现在又逐渐填满了。城市再次充盈起来。餐馆和店铺全都重新开张。人们从乡下,从海边,从路上挤满小汽车的旅途归来。车站拥挤不堪。有孩子,有狗,还有带着用绳索捆住的旧行李箱的一家家人。我在他们当中开路前行,好像走在隧道里。好不容易,我才出现在站台[1]璀璨的阳光下,玻璃板做的屋顶好像加剧了光线的强度。

月台两侧各有一长列车厢,深绿色的,上面经年老化的油漆已经起泡。我读着数字往前走,头等车厢和二等车厢。这些印着号码的车厢牌真是赏心悦目。那感觉就像是在数钱。把自己托付

---

[1] 本书正文中仿宋体字,原文皆为法语。

给掌管这些昏昏欲睡的庞大列车的人有种安心之感，透过明澈干净的玻璃，车里的人们往外凝视着，像伤病者般委顿，安静。很难看到空的车厢，可以说完全没有。我的行李袋越来越沉。走到站台的半中腰处我上了车，沿着过道往前走，终于推开一扇门。甚至都没人抬起头看看。我把行李提到架子上，找了个位子坐下来。周围悄无声息。好像我们都在等着让医生看病。我环顾四周。墙上贴了些观光照片，有布列塔尼、普罗旺斯的风景照。我对面是个腿上长着胎记的女孩，那胎记是葡萄的颜色。我的眼睛老落在那几片胎记上。它们的样子像海峡群岛。

终于，轻微地咕哝了声，火车开了。金属发出呻吟，门砰砰地尖声关上。经过铁路道岔时，车厢令人愉悦地颠簸起来。天空苍白。一个法国男人在角落的座位上睡着了，他身穿蓝色外衣，蓝色裤子，两个蓝色不配。那是两套不同衣服的上下装。他的袜子是珍珠的灰色。

很快我们便沿着出发道疾驰起来，郊区的房屋忽闪而过，那些寻常的街巷、公寓、花园、墙壁忽闪而过。法国的隐秘生活，你无从打探的，存在于相册、叔叔舅舅们、早已死去的爱犬的名字之中的生活，通通闪过去。不到十分钟，巴黎不见了。房屋密布的地平线消失殆尽。我感觉已然解脱。

这葱绿青黛、中产阶级女人般的法国。我们的火车在以惊人的速度行驶。我们跨越过无数桥梁，声音急促，恍若鼓鸣。乡野大地逐渐舒展开来。我们正在前往无人问津的小镇的途中。长长的小麦色的条块地和绿油油的平坦田野，斜斜地躺着，肥沃丰饶。农舍都用石头砌成。世代相传的智慧明白土地是唯一真正的财富，这一点毋庸置疑，也用不着改变。开阔的乡野平坦得犹如运动场。处处树木耸立。

她脸上也有痣，一根手指还扎着绷带。我试着想象她在哪里工作——一家法式蛋糕店，我断定。是的，我仿佛看到她就站在蛋糕玻璃柜台的后面。没错，就是那样。她的鞋是黑色的，沾了些灰尘。鞋头非常尖，简直尖得有些怪异。两只手上都戴着廉价的戒指。她穿了件黑色的套头衫，黑色的裙子，身材有些发沉。她在读《回声》上的爱情故事，一直蹙着眉头。我们好像行驶得更快了。

我们飞掠过沿途城镇。到了塞松[1]，一个昏暗的车站，挂了只老旧的时钟。河上漂着驳船。我们呼啸着穿过另一个地方，站台上的人们像奶牛般伫立着纹丝不动。又进入隧道，压迫着人们的耳膜，眼前的景象好似被人洗牌般抽换了。在这之后会再变一个戏法。请安静。仿佛言听计从般，火车开始稍稍减速。我对面那个女孩已经酣然入睡。她嘴唇窄小，朝下耷拉着，嘴角凝着一股刻薄的意味。她的脸转过来对着太阳。她动了动身子，手滑落下来，手掌搭在肚子上，俨然鲁本斯画上的人。这时她毫无预兆地睁开眼。她看见了我，又将目光移开，望向窗外。现在她的两

---

[1] Cesson，法国中北部巴黎大区的一个市镇（commune）。

只手交叉放在腹部，再次闭上了双眼。我们倾斜着进入弯道。

灿若翡翠的运河从我们底下穿过，里面停着宽大的驳船。绿色的河水泛着泡沫。你几乎可以在那上面写东西。

干草场都是长方形的。现在群山开始出现了，不是很高。杨树遍野。偶尔可以看见空空荡荡的足球场。到了蒙特罗[1]——有个男孩骑着自行车在车站附近等人。有的教堂上飘着风标。小溪上划桨船停泊在树荫下。她开始找了支烟抽。我注意到她手包的扣钩断了。现在我们的火车跟一条公路平行，跑得比汽车快。这些汽车犹犹豫豫地被甩到后面，渐渐远去。太阳打在脸上，我睡着了。墙垣和农舍漂亮的石头在不知不觉中掠过。田野的轮廓从旁过去，有些白如面包，有些幽黑似海。火车现在慢下来，开始发出有节奏而庄重的咔嗒声，那声音仿佛是从马车上传出来的。我睁开眼，看到远处一座教堂灰色的骨架，看到了桑斯[2]蓝色的轮廓。在车站，我们只停了几分钟，旅客沿着站台破碎的表面走过去，沙砾在脚下发出声音。但这里有种奇怪的寂静之感。车里出现了轻语和咳嗽声，仿佛到了中场休息时间。我能听到有人撕烟盒纸的声音。那女孩已经走了。她收拾完自己的东西下了车。桑斯在弯道上，火车略微倾斜着。旅客们从打开的窗户里无所事事地向外张望。

----

[1] Montereau，巴黎大区的一个市镇。
[2] Sens，法国中部勃艮第大区约讷省的城镇。

我们开始缓慢地离开这个城市，山冈不断逼近，在我们身边飞奔。房屋的窗户敞开着，呼吸着清晨温暖的空气。干草堆成盒子、鸡笼、面包块的形状。在我们上方，一座教堂忽然掠过。墙上的缝隙宽得足以让鸟在里面筑巢。我想在这些乡村小路上漫步，顺着那些美丽夺目的小溪游荡。

玫瑰色、棕色、驼色、褐色——这些构成小城镇的色彩。很多长长的起伏的草地上栽着成行的树木。圣于连迪索——酒店似乎都是空的。现在到处是成束成捆的干草，还有巨大的玉米晒场。塞齐——这个站就像某出已经谢幕的戏剧的舞台布景。随处可见金字塔般的干草堆，有着双重斜坡屋顶的房子、栅栏和果园，孩子们在菜园里忙活，"茹瓦尼"几个字被漆成红色。[1]

我们越过一条小河，约讷河，开始进入拉罗什[2]。有家旅馆，屋顶因为年久老化已经发黑，窗台上放着鲜花。我们又停下来了。有人在这里换车。

我们在似乎弃而不用的行李车附近安静地站了会儿。一辆小推车上在卖三明治和啤酒。一个怀孕的年轻女人走来，经过时朝我瞥了一眼。她的脸晒得发黑，眼睛暗淡，一副安静的表情。人们，特别是女人，再次变得真实起来。市区里，通衢大道上，度假胜地中，优雅的尤物已经消失，我几乎想不起她们来。这里是

---

[1] 上文提到的圣于连迪索（St. Julien du Sault）、塞齐（Cezy）和茹瓦尼（Joigny），均为勃艮第大区约讷省的市镇。

[2] La Roche-sur-Yon，法国西部卢瓦尔河大区旺代省市镇。

别处。轨道另一边的棚屋里放满自行车。穿蓝衣的工人们坐在洒满阳光的条椅上等着活儿。

铁路从这里开始不再是电气化的了。行程开始放慢。我们越过树木塌倒其中的绿色水域。呛人的烟缕钻进车厢里，那种不可思议的、具有腐蚀性的烟雾能够吞噬钢铁，让车尾变得黑如煤炭。

角落里坐着一个沉静的女孩，穿着风衣，头发光泽闪亮，脸蛋像鸟儿，属于那种严峻的小脸，骨骼紧挨着皮肤。那是一张激情荡漾的脸。一个可能会去城市的女孩的脸。她有一双大眼睛，幽黑如点墨，宽阔的大嘴苍白若蜡。脖颈上环绕着一串仿制的钻石项链。现在我好像看什么都更加清楚了。整个世界的细枝末节正向我呈现出来。

此刻天空几乎完全被云覆盖。光照变了，色彩也变了。远方的树变得发蓝。田野渐渐干枯。干草摞起的通道、清真寺、圆塔、拱顶纷至沓来。每家都有菜园。路上空空荡荡——偶尔有一辆摩托车，一辆卡车，此外没有别的。人们去别处旅行了。一家屋外挂着两个小笼子，想让金丝鸟透透风。我们从草砖和帽盔状的草垛旁边经过。我们在艰难前行，烟里的酸味来了又去。汽笛的响声悠长尖锐，消逝在远方，让我心中充满欢乐。

她从手包里取出一块焦糖放进嘴里，想确保自己沉默不语。她用手指玩弄着糖纸，慢慢地捻着，紧紧地卷成一个小卷。她的眼睛是淡蓝色的，那双眼睛可以直接看透人。鼻子有些长，但女人味十足。我很好奇她的牙齿长什么样。

她摸了摸自己的头发，先是别在一只耳朵底下，接着又换到另一只耳朵。她的婚戒看着像是珐琅的。一把紫罗兰色折叠伞绑在行李上，手柄是金黄色的，还没一根铅笔粗。她的指甲没有涂任何颜色。现在她一动不动坐在那里盯着窗外，嘴巴的弧度隐约弯曲出某种听天由命的神态。我对面的小女孩简直没法把目光从这位女子身上移开。

我开始朝窗外看，现在已经快到了。终于，在远方，布满条纹的天空映衬之下，一个小镇出现了。一个孤零零的、巨大的尖塔，光秃秃的像座纪念碑，上面写着:欧坦[1]。我取下了行李。带着行李包从走廊通过时，忽然心生小小的紧张。到这里来的整个想法此刻显得有些异想天开。

只有两三个人下了车。还不到中午，一面孤单的钟表上黑色指针每隔半分钟跳动一下。我还在往前走的时候，火车开动了，不知怎么竟吓了我一跳。最后一节车厢过去了，露出空荡荡的铁轨，另一边的站台，上面空无一人。是的，我能看到它了：在某些特定的早晨，某些冬天的早晨，这里几乎完全隐藏在雾霭中；各种细节和物体在你行走的时候逐渐出现。下午，太阳在上面刻上冷冰冰的、无形无体的光。我走进车站大厅。里面有个带铁质百叶窗的报亭，门关着，有个大秤。墙上贴着时刻表。我走过去

---

[1] Autun，法国中东部城市，位于阿鲁河左岸，莫尔旺山的东南部，是法国历史最悠久的城市之一，由古罗马人选址并修建，其名称来源于罗马皇帝奥古斯都。欧坦环境优美，城内保留了大量古罗马建筑遗迹，被称为"勃艮第之魂"。

的时候，售票窗口玻璃后面的男子都没有抬头。

惠特兰家的房子在老城区，就建在罗马墙边上。先是一条长长的林荫道，然后出现了一个大广场。接着是一条店铺林立的大街。这些东西过去之后，什么都没有了，只有房屋，弥漫着一种郁特里罗风景画般的寂静。终于到了沃土广场。这里有个喷泉，三叶形的喷泉，鸽子喝着里面的水，在那上方，大教堂若隐若现，犹如一艘搁浅的大船。只能瞥见塔尖，尖顶顺着接缝处镶嵌着饰钉。那个奇妙的塔尖同时指向地心和外空。一条路从后面绕过去。很多窗户都破损了，菱形铅框[1]中间黑洞洞的。往前走一百英尺是条短短的死胡同，也就是人们所说的死路，它就矗立在那里。

那是幢巨大的石头房子，屋顶下沉，窗台破旧。这栋大房子，窗户和树木一样高，跟我此前拜访数日留下的印象完全一致，那次从车站出来的路上我有种奇怪的感觉，好像自己到了某个似曾相识的小镇。街道看起来都很熟悉。当我们走到大门口的时候，我已经有一个念头，这念头在余下的夏日里一直在脑子里浮动，那就是故地重游。现在我又来到这里，站在这扇大门前。仔细凝视它的时候，我忽然第一次看到隐藏在铁门花饰中的字母，是个铭文：征服或死亡（VAINCRE OU MOURIR）。"征服"缺了一个字母 C。

欧坦宁静得像个教堂墓园。瓦片屋顶因为覆满青苔显得发

---

[1] 教堂建筑中用于固定彩绘玻璃窗的铅框。

黑。城里有座圆形露天剧场。还有那个巨大的中心广场：战神广场。此刻，在秋天的蔚蓝中，它又重现了。这个古老的小镇，能触摸到骨头的外省的秋天。夏季已经结束了。花园开始萧条。早晨变得凛冽起来。我已经三十岁，然后是三十四岁——岁月如树叶般枯萎。

2

这个蓝色的、慵懒的小镇。镇上的猫。苍白的天空。早晨天宇空明,仿佛过滤了一般干净。深深的分岔的街巷。窄窄的庭院,里面散发淡淡的腐烂气息,橘子皮躺在角落。不规则的路缘石,棱角已经磨掉了。这个随处可见医生的小镇,每家的房子都很大。有柯逊、普罗比、基罗特等大家名头,连街道都拿他们来命名。还有很多穿过罗马墙的通道。布勒伊门,它的铁栏杆像攀岩者的铁钉般陷进石头。那些沿着陡峭台阶攀爬的女人喘不过气来,肺部吱嘎作响。小镇上自行车还很多。早晨它们会轻柔地流过。大街小巷散发着面包的味道。

不到黎明我就醒过来了,五点四十五分,钟打了三下,起先声音很遥远,刹那间就近在耳边了。我生活中最虔诚的时刻是夜晚躺在床上听那些钟声。它们向我涌来,把我从自己身上拽出去。

我忽然知道了自己身在何处：在这小镇的某个地方，而且很愉快。我探出窗外，接受凉爽空气的洗涤，这空气好像还没有人呼吸过。三个男孩骑着摩托车过去，几乎手挨着手。接着，早晨最初的纯净忧郁的蓝色开始映现，那空气你可以在其中沐浴。火车发出尖叫声。人行道上响起高跟鞋的声音。第一批鸟儿出来了。我无法再睡着。

我在商店里排队买东西，没有人注意。柜台后面姑娘们来回走动。那些女孩面色白皙，脚踝洁白如肥皂，磨旧的鞋子快要露出外侧的脚趾，白色短工作服下面露出裙子。她们的指甲都很短。冬天，她们的脸蛋会显出红色的斑点。

"先生？"

她们等着我回答，当然这时候一切都完了。她们知道我是外国人，这让我有些不自在。我希望说起话来不带丝毫的口音——有人告诉我，听得出我有点口音。我希望听得懂收音机里说的每句话，以及每句歌词，当然这不可能。我想经过时不被人关注。出去的时候挂在门口的铃铛响一声，仅此而已。

我回到那栋房子，打开大门，进去之后又关上。咔嗒声悦耳动听。小若豌豆的砾石在脚下翻滚，激起若有似无的尘土，那是小镇的香味，可以吸入心脾。我开始熟悉它，也渐渐熟悉邻里的街区。我睡着的时候，最钟爱的街道的地理志已经自动形成。这个错综复杂的小镇正在一点一滴、逐个细节地舒展开。我沿着两座桥之间的那段河岸散步。我穿过墓园，排水沟在最后的斜阳中像珠宝般熠熠闪光。我好像在查看某个地块,穿过那些某天终将属于我的地产。

这些就像欧坦照片的文字说明。这样讲也许更合适:它们一开始是文字说明,最后却变成了别的东西,成为我设想出的事件的描绘。它们只对我一个人有意义,但我不再把它们藏起来。那个时代已经过去了。

这些都不是真的。我说是欧坦,但要把它说成是欧塞尔也可以。我相信你慢慢会明白这点。我只是记录下进入自己内心的各种细节,那些能划开我肉体的碎片。那是一个关于从未存在过的东西的故事,尽管对此所持有的最微不足道的怀疑,哪怕只有最微小的可能,都会将一切投进黑暗。我只希望无论谁读到它,都像我一样顺其自然。世上的激情已经够丰裕了。万物都因之而颤抖。并非我认为它不该存在,不,不,但这只是某种薄薄的反光的银片,不知何故持续不断地发着光。

克里斯蒂娜·惠特兰——过去叫克里斯蒂娜·卡巴尼斯,闺名克里斯蒂娜·普尔——有一张冷静的脸,有些骨感,大眼睛颜色暗淡。她父亲是个大使,他们过着一种光鲜的生活。她在各种各样的地方上过学,阿根廷、希腊和菲律宾。我不记得比利是如何跟她认识的,只记得她那时二十三岁,他们一见钟情。她那时刚要离婚,而比利是那种她当初就应该嫁的人,他知道如何掌握她。他是唯一知道如何让她感觉自己像个女人的男人。

"难道不是吗,宝贝儿?"她说。

"绝对是，小可人儿。"

比利正从一只银色的桶里挑冰块，转过头说着话。她坐在房间的另一头，双腿在身下蜷曲着。那是在巴黎，凌晨三点。他们的女儿、用人，以及整个大楼的人都在酣睡中。她身体前倾过来让我给她点烟，然后往后一倒，事实上是飘进了柔软的靠垫中。她再也受不了在美国生活了，她说，这是唯一困扰她的事情。她回去过，但实在不适合她。起初她连开车都不会。比利把饮料递给她。她又递回去。

"宝贝儿，"她说，"我只要半杯就好了。"

他再次走到长长的房间的另一头。我看到他取了个新的玻璃杯。他的所有这些动作慢得神秘莫测，好像每个动作都要彻底想清楚了才实施。即便如此，这些动作也有某种梦幻般的优雅。比利·惠特兰过去是个曲棍球运动员，是个出色的前锋，如人们经常说的那样，是最优秀的选手之一，始终有朋友围着转。你永远见不到他独自一人的时候。他站在镜子前面，往后梳着刚洗过澡还湿漉漉的黑发。他笑的时候，唇间一块英气十足的小疤痕会微微发光。

他端着第二杯饮料回来，一声不吭地递给她。

"我真是太喜欢你了。"她说。

比利坐下，交叉起双腿。他穿着昂贵的鞋子。克里斯蒂娜的手指来回摩挲着系在脖子上的一颗颗珍珠。比利对着我说：

"嗯，你知道那里非常偏远，我的意思是说，那是个很小的镇子。你去过那里,但我想你可能没有意识到。"

他们开始说起他可以给谁写封信来关照我。我坐在那里听着,感到一股淡淡的兴奋,就像孩子听人在他面前讨论要开始一年的学校寄宿生活。

"水被关掉了,"他说,"我都不知道该怎么打开。平时都是一个中介来处理这些。我们从来没在冬天去过那里。"

不过,一封信也能解决这个问题,或者他可以打个电话过去。全安排妥当了。只要我愿意,随时可以过去。克里斯蒂娜开始跟他讲起话来。我几乎什么也没听清。一种无法言传的狂喜像闪烁的阳光般充盈全身。阿杰特[1]拍摄的上万张旧时巴黎的著名照片,那些伟大的、无声的影像浸泡在氯化金的褐色液体中——我在想着它们以及它们的创作者,每天黎明未到就起来,慢慢从居住在其中的人们那里偷出一个城市,这里偷一棵树,那里偷一个街头店面,那里又偷个不朽的喷泉。

我眼前看到的是许多辛苦勤勉时刻过后的宁静和庇护所,与此同时我的这个小镇一天天地向我,小镇唯一的陌生人,呈现出自己。当然,整个事情说来是出于一时的冲动。我从来没有跟任何人提起过,那些想法可能会消失。我顶多只是想象自己首次完全展现它们的时刻。某个早晨在画廊。照片被一张一张地翻过来。

---

[1] Eugène Atget(1857—1927),法国著名摄影师,擅长拍摄巴黎街头人物的生活照片,记录城市面貌的变迁,以构图精巧、关注细节的纯净视觉风格著称。

灰尘轻轻落在桌面上。一只手心不在焉地拂去灰尘。你喜欢它们吗？我站在那里，浑身散发着新鲜的欧洲气息，连衣服都是在那里买的。我等待着回答。这些东西会让你声名鹊起，他终于说话了。我感觉到沉醉。有那么一瞬间，我允许自己相信如此。

"它实际上有多大规模？"

比利不知道。他转向克里斯蒂娜。

"很小。"克里斯蒂娜说。

"一万五千人。"他猜测。

"没有那么少，"我说，"要比这个数字多。"

"是很少的，"他警告我，"相信我。"

亲爱的小镇，我在所有的天气里见过它。阳光像块块瓷片般落在小巷里。夜晚宁静，高架桥在雨天闪着幽蓝的光。回来的时候——当然已经很晚了——道路两边是长长的、清晰的田野的条块，我们在林荫道上飞驰，树干用石灰涂成了白色。这是法国的路。还有饭馆和墓地，黑魆魆的树和帘幕般的雨。时针指向一点四十。车轴像树木般开裂。

圣路易大酒店。小庭院里摆着桌子和金属椅子，内景房的百叶窗在一墙浓密的常春藤后打开。窗格掩映其中，阳台已经被遗忘了。在那上面是一段欧坦的天空，冰冷，云层密布。正是傍晚时分——绿意在颤抖，最细小的卷须点着头摇晃。这里有着法国侵入骨髓的寒冷，那种寒冷触摸一切，而且总是过早抵达。到了里面，在大厅穹顶下，我看到晚餐桌已经摆好。美妙的玻璃陈列柜里灯已经打开，里面展示着这个古老小镇的富庶：带皮盒的怀表，汤碗，软绸领巾。我的目光游移着。还有香水。关于中世纪雕塑的书。项链。内衣。玻璃柜像小船那样边缘镶着薄薄的铜条，顶部呈弧形——一个六边形的彩色玻璃片构成的圆顶，色彩的蜂巢。在所有这些东西背后，身穿白色外套的侍者们悄然走动着。

沉郁的小镇上有自己的咖啡店和宽阔的广场。新的公寓楼正在城郊拔地而起。那边很多街道我从来没去过。有两个电影院，雷克斯和沃克斯。喷泉里水流如瀑。老太太们遛着狗。早晨，我在读《插图法国史》。一场浓雾让花园变白，一切都藏在雾中。安静至极。几乎觉察不到时间的流逝。我出门时太阳刚刚开始透出灼热，尖塔好像变成了黑色，鸽子们在咕咕地叫。我总想找个人谈谈这段日子，无法逃避这种渴望。我从大教堂长长的阴森的侧翼下面出发，然后开始往下走。我熟悉这一带所有的街道。阿朗库尔广场。圣潘克拉斯街，曲线袅娜像个女人。我熟悉那些漂亮精致的房子。当然，我也熟悉某些人。乔布夫妇——乔布夫人恐怕是我见过的最瘦的女人。弗伊咖啡馆的女服务员。皮考特夫人。现在——我得跟惠特兰问问她的情况。

3

电梯升起来，肃然安静，升向福煦大道一所气派的公寓。好几个房间里挤满了人，有些人还穿着晚礼服。贝内杜切夫妇的晚宴规模不大，更多人只是受邀参加随后的派对。两个穿白制服的侍者负责斟咖啡。我靠窗站着。楼下，透过依然芳香的幽黑树木，开着头灯的车辆飘然而去。巴黎现在对我来说很美妙，甚至有些过于奢华了。带着某种奇怪的虔诚，我发觉自己在捍卫贫乏的外省生活，好像那样的生活有多特别。肯定跟巴黎的生活不同，我说，在巴黎你完全就像生活在一艘巨大的远洋游轮上。只有在小镇你才能认识一个国家，用那种源于琐碎的日日夜夜的知识。

"安娜·苏伦来了。"比利悄声说。

她是著名的女演员。我认出了她，一个巨星的残骸。小小的嘴，一张沉迷酒精的脸。她不停地用手拢起头发又放下去。她会大笑,却没有声音。一切都在沉默中——她是昔日的产品。比利还指了埃文·史密斯,他妻子是惠特尼家族[1]的人。还有不少在时装店和出版业工作的女孩。在这里你会见到某种类型的人,有钱和品位的人。

"确实是。"

"伯纳德·帕若也来了。"

帕若是个作家,矮个子,小天使般的圆脸上留着胡子,非常胖。他的生活方式很出名,从晚上开始——整个白天都睡觉。靠吃土豆和鱼子酱为生,还有大量的伏特加。人们说他不仅看着像巴尔扎克,他就是巴尔扎克。

"他写得也像巴尔扎克吗?"

"长得像就已经够他忙活了。"贝内杜切透露说。

我偷听到伯纳德·帕若的话。他声音低沉,非常沙哑,抽着一根纤细的黑雪茄。

"昨晚我跟托尔斯泰吃饭……"他说。

他身后有好几排装帧精美的书摆放在玻璃架上,被底下的光线照得像历史建筑的正面。

"……我们谈论的都是那些已经消失的事物。"

贝内杜切是个新闻记者,总编辑。褐色的直发有点长,蓝眼

---

[1] The Whitney family 是美国历史悠久的豪门,家族成员格特鲁德·惠特尼(1875—1942)创建了惠特尼美国艺术博物馆。

睛，掌握的知识确凿可靠。他有种只有近距离观察过大人物之后才会获得的镇定自若的不恭。他什么人都认识。房间里充满了各种奇妙的语言。有瑞士人。有墨西哥人。他妻子是个山猫般的女人。即便在屋子的另一边，你也能感受到她沉着的自信和舒缓的微笑。她是克里斯蒂娜的朋友。我在那些下午的林荫道漫步时见过她，看到她走出咖啡店。她喜欢穿针织套衫，乳房在套衫里轻柔地蠕动着，但我不觉得她在跟男人约会。她丈夫非常强势。他会把他们剁成碎片。他完全知道这样的事怎么干。

她在跟比利说话。比利非常优雅，身材修长。我注意到他两鬓的头发已经灰白了。别的一切都是黄金的。雅致的金袖扣，网眼密集得像谷粒的金表带，卡蒂埃的金打火机。我不知道他们在谈什么话题，但肯定没什么意义，我坚信没什么意义，因为我自己就跟他有过上千次谈话。可他仍然能够把她留在那里。早年那些日子，克里斯蒂娜会对比利悄悄说，她想离开聚会去来点小小的啪啪啪了。他嘴上有一道白色疤痕，人们的视线总是落在那上头。他给她点上烟，她的脑袋略微前倾。接着脑袋直起来。他们继续说着话。我发觉她其实从来就不安静，在别人的注视下她会有些扭捏，做出些轻微的、几乎察觉不到的动作。

我漫步朝公寓相对安静的地带走去，那边很宽敞。天花板变得寂静起来，声音逐渐减弱。我好像进入了一个更加古老、保守的家庭。餐室里空旷幽黑。餐桌还没有清理，桌布依然铺在上面，椅子的摆放凌乱无序。玻璃盘上还放着吃剩的干酪和对半切开的梨，已经开始发黄。窗前是一片高大植物的区域，一个噪音透不进去的温室，白天光线穿过这里会产生衍射。我能想象这个房间在悠闲的早晨散发出的那种寂静，玛利亚·贝内杜切浏览《费加罗报》和《先驱导报》时轻轻翻动纸页的声音。她穿着印花短袍，喝着用小勺搅拌的黑咖啡。她素着一张脸，双腿赤裸着。她就像一个在后台休息的演员。有人就喜欢这种寻常时刻，这种人生华丽活动之间短暂的休憩。

忽然有人出现在我身后。

"我吓着你了吗？"克里斯蒂娜笑着说。

"什么？没有啊。"

"你跳了一尺远，"她说，"过来，我想让你见个人。"

一个田纳西州布里斯托来的朋友，她边带我回去边介绍说。不用吧。但克里斯蒂娜说我会喜欢上她的，她很有趣。她嫁给了一个非常非常富有的法国人。她在所有坐浴盆里都放了花，她丈夫非常生气。听到这些我已经对她发憷了。

即便已经这么晚，还是不断有人走进来，别处的晚宴结束了，或者剧院散场了来露个脸。贝内杜切引导着耀眼的一行三人走进房间。一个男人和两个绝色女子，脚蹬麂皮靴，外套的腰带束得很紧。母女俩，克里斯蒂娜告诉我。他要同时娶她们俩，她说。吧台附近，安娜·苏伦听着周围的谈话，带着飘忽而清澈的微笑。她并不总是知道正在说话的是谁，眼神总落在错的人身上。她的假睫毛开始松脱了。

"你知道吗？"克里斯蒂娜说。"比利的朋友里面，你是我唯一喜欢的。"

对这样的评论，我感到高兴但也有点困扰。我不确定这是什么意思，我只是有种感觉，这终将被证明是致命的。我不想回答，甚至装得好像没听到一样。

"他们全都是文盲。"她告诉我。

一个女人穿过人群缓缓走过来。

"伊莎贝尔！"克里斯蒂娜尖叫道。那是她的朋友。

如果不赞美伊莎贝尔，简直不知道从何说起，她四十岁，穿着漂亮的香奈儿银纽扣黑色套装，里面是一件褶边白衬衫。手指上有一枚镶着巨大钻石的戒指，一颗完美的圆形钻石，能反射出每一缕光线。她微笑起来就像她的衣服一样令人目眩神迷。她身边带了个年轻男子，她介绍道：

"菲利普……"她的手绝望地摆动着，她忘了他的名字。

"……迪安。"他低声说。

"我真是世上最糟糕的人，"她说，这些词语带着南方人的拖腔，"好像总是别人刚告诉我他们的名字我就忘掉了。"

她放声大笑，是那种高分贝、很乡土的大笑。

"好了，别往心里去，"她跟这个男子说，"你是这个房间里长得最好看的，可如果我不是提前知道的话，连总统本人的名字都会忘掉。"

她笑了又笑。菲利普·迪安什么话都不说。我有些嫉妒这种不让他难堪的沉默,这样的沉默美得出奇,就像我们不能共享的某种忠诚。

"他刚从西班牙旅行回来,"她说,"对吧?"

"西班牙!"克里斯蒂娜说。

他的脸上似乎显示出了这点。那里依然残存着些许开着一辆敞篷车游历的肤色光泽。

"我喜欢西班牙。"克里斯蒂娜说。

"你去过?"

"噢,"她说,"好多次。"

"巴塞罗那?"

"我喜欢那里。"

"还有马德里……"

"了不起的城市。"

"我们每天都去普拉多。"他说。

"我喜欢普拉多。"

"是什么?"伊莎贝尔问道。

"博物馆。"

"博物馆?"她说。"噢,我也喜欢。我忘了它叫这个名字。"

"叫普拉多。"迪安说。

"噢,没错。我现在想起来了。"

"你去西班牙干什么?"克里斯蒂娜问。

"就是单纯去旅行。"他说。

"始终都一个人?"

一个年轻人傍晚出现在众多暗褐色城市的影像浮现出来。瓦伦西亚[1]，大道上树木成行。夜晚的塞维利亚，尘土落地的味道，夹竹桃的味道，更绚丽，绿油油。大酒店前，两个门卫拿着软管冲洗人行道。

"不，跟父亲一起。"他说。

我忽然喜欢上他了。克里斯蒂娜简直无法移开目光。她问了迪安什么时候出生的，发现他是射手座，这是个非常好的星座。

"真的吗?"

"对我来说这是最好的星座之一，"她说，"天蝎是最差的。"

"我是天秤座。"伊莎贝尔说，又是一通大笑。"难道不对劲吗?"

迪安小嘴端正，间距略宽的眼睛显得很聪慧。满头被夏天晒得枯干的头发。我想那是学生英雄的标志，那些来自东部的学生，非法活动的头目、足球后卫，苗条得像女孩。

"你的脸真好看。"克里斯蒂娜说，突如其来的快乐让她难以自拔。"你知道吗，我想给你画幅画。"

伊莎贝尔大笑起来。夜晚才刚刚开始。

凌晨三点——克里斯蒂娜喝了酒后从不上床睡觉——我们游荡过凌乱的中央市场。这个时辰空气凛冽，声音好像在里面回

---

[1] Valencia，西班牙第三大城市，位于西班牙东南部，气候宜人，被誉为"阳光之城""地中海西岸的明珠"。

响。工人们听到清楚的高跟鞋的声音，从板条箱旁向上张望着。伊莎贝尔讲个不停。克里斯蒂娜也滔滔不绝。几乎每样东西她们都要指点一番。我们傻傻地在水果和农产品堆成的巨大障碍物中前行，走过空荡荡的酒吧，穿过各种手推车和卡车。最后，我们出现在那些喧嚣刺耳的加工肉的摊位，就好像在黑暗中无意中来到一家工厂。头顶灯光耀眼刺目。到处是屠宰的味道，金属散发出的气味比花香还要浓烈。人行道上放满了装着牲畜脑袋的手推车。这情景简直就是出自弗朗叙[1]的电影，那部著名的作品完全散发着这里的气息。我们盯着那些不声不响的牲畜。有很多很多。嘴是粉红色的，鼻孔湿漉漉。用旧的屠刀有剃刀般的利刃，拿来剥皮的时候，它们的眼睛还眨巴着，那些牛犊巨大的动人的眼睛。工人血淋淋的手臂麻利地操作着。手臂所到之处，皮就魔术般裂开了，温热的内脏喷涌而出。一切都迅速被分别开来。一头两分钟前领到他们那里的牲畜，现在已经不见踪迹。克里斯蒂娜像个伯爵夫人般把白色外套往紧里裹了裹。

"我肯定会做噩梦的。"她说。

"难道我们什么时候会睡觉吗？"比利说。

"我们去杀猪的地方。"伊莎贝尔说。

"宝贝儿，上哪儿去找？这附近没有吗？"

---

[1] Georges Franju（1912—1987），法国电影导演，与亨利·朗格卢瓦共同创办了法国电影资料馆。此处提及的电影似为纪录片《动物之血》（*Le Sang des bêtes*，1949）。

"大街那边就有。"比利说。

我们花了十分钟才找到那地方。当然还是人满为患,晚上这时候总是如此。出租车亮着昏黄的灯在等生意。到处都停放着小汽车。那家餐馆已经满了。有游客,有来参加婚礼派对的,也有从卡巴莱酒馆玩了出来的人,还有一些人特意熬夜,以便去逛那家有名的市场。据说他们正计划把那个市场迁到城外的某个地方,很快就会消失。

我们设法找了张桌子。比利搓着手。凝固的浓汤散发出浓郁的香味,那是他们的招牌。克里斯蒂娜什么都不想吃,她只想喝葡萄酒。

"那对你不好,你知道。"比利对她说。她得过黄疸病,曾经卧床好几个月。"你干吗不喝点汤?"

"你喝吧。"她说。

"亲爱的……"

"怎么了?"

"我给你要份汤。"

"那好吧。"她说。她转过身,朝我们灿烂一笑。

人群很拥挤。侍者们费力地开道过去。他们好像什么都听不见,或者听到也没有影响。主顾们还在继续繁衍扩张,好像在一场梦中。朝每个方向看都是不可思议的脸庞,阿尔及利亚人的,瘦得像脚;美国人的,像是硬纸板糊的;法国人的,容光焕发。伊莎贝尔不停地笑啊笑。她用手捂住嘴,前后微微摇晃着身子。

她在讲她丈夫收拾行李去旅游时引起的一场争吵。丈夫用法语朝她吼。

"这种关头,你只有服从。"他说。

"我才不呢。"她模仿当时的样子,带着怒气轻轻跺着脚说。

"说话时脚别动。"

"我没有。"又是笑啊笑。

当然,他是爱慕她的,我知道他们会告诉我这点。

"千万别嫁给法国男人。"她说,接着又是大笑。她怀里搂着可可,她的卷毛狗,笑个不停。她正在开朗万的盒子,薄纸撕开的时候发出碎裂声。电话响了,是她一个朋友打来的。她又是笑啊笑,可以聊上好几个小时。

"你住在巴黎吗?"迪安问我。

"什么?"

"你住在巴黎吗?"他说。

伊莎贝拉在讲丈夫家的事。她讨厌他的家人,他们只关心孙子孙女,她说。我解释说目前住在惠特兰家的房子里。在一个小镇。

"你知道第戎[1]吗?"

"知道。"

"那地方离第戎不远。"

"在法国的中心。"他又补充说。

---

[1] Dijon,法国东部城市,勃艮第大区首府,建城于罗马时代,历史悠久。

"非常核心的位置。是个小镇,不过有某种品质。我是说,它不富裕,不气派。就是很老,格局很好。"

"什么小镇呢?"

"我估计你没听说过。欧坦。"

"欧坦。"他说。接着又说道,"听着那像是真正的法国。"

"的确是真正的法国。"

"他疯了。"比利警告说。

我们开车送伊莎贝尔回家时已经差不多早晨五点了。现在就剩下我们四个。迪安走了。我精疲力竭,感觉好像正在进入一场灵魂的巨大危机。街道上空无一人。天空开始泛白。我们在蒙田大道一幢楼前停下车,比利陪她走到大门口。我跟克里斯蒂娜在车里,我们的头朝后靠着,眼睛闭着。

"他是个不错的小伙子,"她说,"你难道不希望自己又回到那么年轻吗?"

"我还没那么老。"

"宝贝……"她安抚道。

"我感觉不老。"

"的确,你显得很年轻。真的。你看着好像还在上学。"

"谢谢你。"

"那时候你是什么样子?"她昏昏欲睡地说。

"那是很久前了。"

"不,说真的,你是什么样子?"

"我是我们这代人的偶像吧。"我听到她的脑袋动了动。

"你难道不知道吗?"我问她。

车门开了,是比利。他沉重地跌坐在座位上。我们又开始行驶。

"我们找个地方喝一杯。"克里斯蒂娜说。

比利沉默不语。

"比利?"

"你真想去吗?"

"我们能去哪儿呢?"

"卡尔瓦多斯。"他说。

"好吧,"她说,"我们这就去。"

4

那些门扉锈迹斑斑的庭院接受了我的归来。围墙环绕。窗台旁的墙壁已经坍塌。树木像阿朗库尔广场上酿酒的器皿般矗立着，树下铺着砖头。人行道上布满纹络般的青苔。你要是往城里走，会发现街道愈加繁华。杜弗雷迪涅大街。法布圣布莱斯酒店，算是这儿很精美的屋宇了，有着小小的铁栏阳台和阔大的花园。树冠越过墙头倾洒下来，让公共区域也遮上了荫凉。大门看上去固若金汤。

格瑞勒街上还有一座房子。颜色非常奇特——是褪色的砖砌成的，但门窗和所有主要线条都用白色的石头装饰。砾石车道。高大的铁门。早晨我经过的时候，有个穿粉红色工作服的女孩正逐个房间地打开百叶窗。它属于某个医生，我敢肯定。他们全都是医生。兽医。眼睛，鼻子，喉咙，耳朵。他们居住在镇上最坚固的房子里，那些最大的房子凌驾于每条街道。墙上那些装饰物擦得锃亮，饰板总是闪闪发光。

廉价咖啡店的窗户上贴着足球赛的海报。欧坦对沙罗勒。欧坦对沙尼。好像没人看这些东西。几个男人在玩多米诺骨牌；他们看着像北非人。镇子边缘的工厂无声无息。老厂已经废弃了。制革厂高耸的烟囱冷冷清清，窗户黑洞洞的。更远处，那条河安静地躺着。

下午四点。沿街树木高处的枝桠上还挂着最后的充足的阳光。体育场很安静，有几辆自行车斜靠在外墙上。我又看了遍赛事安排，然后走进去，向下转个弯朝几乎空着的看台走去。远处，运动员在柔软的草坪上满场流动。好像没有喊声，没有吼叫，只有隐隐约约的踢踏声。

正是这种空虚，这种生活的忧郁维度，让我感到满意。除了比赛，目之所及只有田野和乡下的树木。在我们上方，外省的天空有些薄薄的云。偶尔太阳破云而出，暧昧得如同微笑。我独自坐在那里，有时瞥见几个少年，顶多如此。没有记分牌。比赛来回进行，好像花了很长很长时间。球踢出界时有人派了个小男孩去远端把球追回来。我看着他慢慢地绕场行走。他从球门的后面走过去，小跑了会儿，然后又正常走起来。他好像在这场旅行中迷路了。最后他终于到了那里，到了边线上，小小的，孤零零的。过了会儿，我看到他开始踢起石子来。

我身处于空虚的中心，任何举动似乎因此而显得更纯粹，更容易定义。各种声音都历历分明，各种细节全部呈现出来。我顺路来到圣路易咖啡店。它像间陈旧的教室，椅子弯曲的地方油漆磨掉了，地板上的抛光已经消失。那是间宽敞、发黄的房间，墙上挂着巨大的镜子，与窗户的大小和位置一样，有派头，也有瑕疵。沿街是玻璃门。不管朝哪里看，好像都可以看到外面。有人在玩台球。我听着，但没有看。球发出的柔和的咔嗒声就像一场音乐会。玩家围桌而站，扯着沙哑的嗓门说着话。他们抽的香烟味道很浓……白天他们从不上这儿来。早晨的光线照在那里，咖啡馆的氛围会非常不同。很陈旧，台球桌看上去颜色不那么暗，角上的木料已经开裂。很有些年头了，我想，从制作精良的桌腿判断，至少上百年了。总是铺在上面的淡绿色桌布底下，毛毡已经磨旧，像件旧衣服的袖管。

"先生？"

是经营这个咖啡店的老妇人。假牙洁白得像纽扣。可能是她丈夫的。我能听到那口牙在她嘴里咔咔嗒嗒地响动。

"先生？"她坚持问道。

后来，大约九点钟，有家酒店的酒吧开始传出音乐，至少有那么几个人围坐在那里。三四个本地的富家子弟无精打采地坐在长沙发上。我认得他们的脸。其中一位是个天使，至少是反叛天使。脸蛋很漂亮，头发柔和乌黑，嘴像熟烂的水果。他们对什么都提不起精神——直到有人离开他们才开口说话，然后开些无伤大雅的玩笑，有时会喊侍者过来。其余的时间里他们乏味地坐着，打磨他们优雅的蔑视姿态。那位天使比别的几个要高。他穿着昂贵的套装，领带松松垮垮地系在脖子上。有时穿件毛衣，袖口柔软。我在街上见过他。他大约十七岁，白天看上去没有那么危险，不过是个坏学生，或者因为恶习难改而臭名昭著的男孩。他已经开始干诱惑女人的勾当。也许他甚至说过那很容易，女人很容易得手。他们说，相信即真实。一阵寒气从我身上穿过。我从他身上看到一种确凿无疑的自信，那种东西无法模仿，它是完整地长出来的，靠自己的倒影维持。他仔细打量着镜子里的自己，梳理着头发。他检查着自己的牙齿。女佣曾经让他脱了她的衣服。她讨厌他，可是没办法赶他走。我试图想象他都说些什么话。这方面他全靠本能。他来这里就是要捕获她们，发现那些弱者。我不知道他感觉如何——杀手的快感。

　　我在以他为模型塑造自己，只此一晚。走回家的时候，我看到自己的身影在店铺暗淡的临街玻璃窗上漂浮着。我站住看了看衣服，好像是从某个电影里出来的。我已经放弃了自己的身份。我仍然逍遥自在，脱离了旧有的自我，直到最初的邂逅，现在我能清晰地想象出遇见克劳黛·皮考特的情景。刹那间我开始有了将会发生什么的确定无疑的预感，我要在下个拐角见到她，并且借助白兰地建立的自信，自然而然地交谈起来。我们并排走着，她讲话时我会留心地看着她。我看得出她对我很感兴趣，我像鲨鱼般围绕着她。我忽然意识到：就是她了。没错，我确信。我会见到她。当然，我有些醉了，有些莽撞，处在某种放松的状态，让我觉得自己注定会是她的情人，轻松地切入她的生活。我已经好多次注意到你从街上走过，我告诉她。真的？她假装很吃惊。我问，你知道惠特兰吧。惠特兰？惠特兰先生和夫人，我说。噢，是的。嗯，我告诉她，我就住在他们的屋子里。接下来怎么办呢？我不知道——要是真的跟她聊起来，事情就容易多了。当然，我要她过来看看那房子。我要听到房门在她身后关上的声音。她会站在窗边。她毫不担心背对着我，让我靠近。我会轻轻地触碰她的胳膊……克劳黛……她会凝视着我微笑。

那些多云的早晨。那些刮风的早晨。那些黑风阵阵如河水般翻腾的早晨。树木在颤抖，窗户像轮船般吱嘎作响。快要下雨了。很快，第一批无声无息的雨滴就出现在玻璃上。雨滴逐渐增加，覆盖了整个玻璃，然后开始奔流。整个欧坦都处于早晨冰凉的雨中。罗马城门上的雕塑雨流如注，然后颜色变黑。石板瓦屋顶闪着光，坟墓、横跨阿鲁河的桥梁都在雨中。每隔片刻风就吹回来，大雨斜着移动，像沙子般击打着窗户。到处都有雨倾洒而下，洒在所有的大路上、商号上，以及小镇古老的名门望族的住宅上。雨洒在吕科特书店的大玻璃上，洒在拱廊上，洒在蒙热天鹅[1]上。一场漫长均匀的雨，下得我心满意足。

---

[1] Au Cygne de Montjeu，欧坦一家法式糕饼店。

5

那天下午晚些时候,他来了。那是十月的第一个星期,天气温和——菲利普·迪安开着一部漂亮的老式轿车停在大门前,这辆车丝毫不向流行趣味妥协。当然了,这次来访令人惊讶,我可能都流露出这点了。

"瞧,但愿我没有打扰到你。"他几乎有些羞怯地说。

"没有,绝对没有。"

"我只是觉得我可以开车过来。"

"嗯,很高兴你开车过来。"稍顿片刻,我又补充道,显得很傻,"这是你的车吗?"

是的。他邀请我一起看看,一辆敞篷车,在薄暮中颜色深沉,低低地伏在那里。我们绕到车前。上面有个亮漆的铭牌,用蓝色字母写着：德拉奇[1]。

"噢，很有名的牌子。我以为它们已经停产了。"

"没错，"他说，"这是一九五二年的车型。"

我们慢慢环绕车子走了一圈。

"我对它可是一见钟情。"迪安说。

这的确是部造型奇妙的机器。迪安尾随在我身后，指点着各种细节。它的头灯像洗脸盆。

"我到手才四天。"

车是他一个朋友的，但不常开。迪安只是用用而已。

"你想兜个风吗？"他问道。"上车吧，你得从另一边上。"

十月的夜晚很凉爽。座位冰冷，散发着皮革味。关门时发出一声沉重又毫不含糊的声音。他插入钥匙发动车，所有的指针开始跳跃。

"开着它就像做梦，"他说，"跑起来像风一样。"

"我能想象。"

"不对，其实就是风。"

"有多快？"

"我还不知道，"他说，"我一直在开着它爬坡。"

我们沿着蜿蜒神秘的街道行驶。整个小镇的百叶窗已经拉下

---

[1] Delage，1905年成立的法国汽车公司，专门生产高级轿车，1954年停产。现存轿车多为收藏珍品。

来了。人们下班回家，有的骑着自行车，但多数在步行。他们转过身打量轿车的时候，我能看清那些脸上疲惫的苍白。车上挂着巴黎的牌照。当然，他们不知道车是谁的。

我们穿过广场，驶入通向车站那条长长的开阔大街，旁边自行车如同潮涌，头灯暗淡的光照在路上颤抖不已。黑魆魆的树木延续了一路，然后拐个弯，通向车站前面的开阔地，路对面有好多旅馆，旁边是公交车的终点站，亮着灯的亭子里花一法郎可以拍四张照片。有两部出租车在等生意，司机——其中一位是个戴眼镜的胖女人——就在旅馆酒吧里待着，裹在烟草和葡萄酒怡人的气味中。等火车来了，他们才有活儿干。

我们停下来待了一会儿，回头朝城里望去。坐在车里使这一切有种特权感。空气忧郁而幽黑。忙着自己差事的人们从旁边走过。在我们身后有一条河。

车里越来越冷了。往回开的时候，我问有没有暖气。

"暖气坏了，"他说，"不过我想可以修好。"

我们在弗伊咖啡馆前停好车，他掀起引擎盖。

"瞧瞧。"他大声说。

简直就是各种导管和皮管的蒸馏间。

"我修过摩托，"他说，"当然，这个……"

"……是个小小的挑战。"

"把它想象成三辆摩托车，"他说，"一切就变得简单了。"

他摸了摸软管，寻找通向加热器的那根。

"能找到吗?"

"噢,终于。"他说,然后直起身来。

我们走进咖啡馆。两边都有隔间,中间摆着一排桌子。有个小吧台,还有个小舞池。后面有人在玩牌。不过整个咖啡馆几乎是空的。他们都来得很晚,然后静静地坐在电视机前。我们选了个靠前的隔间。迪安已经决定在镇上过夜。我告诉他有一整栋房子可以供他住。

"我打算明天开车四处走走,"他说,"我想去乡间看看。"

从门口我能看见人们在打量那辆德拉奇。

"你的车引起一场轰动了。"

"在巴黎,"他说,"他们以为我至少是个公爵。你知道吗,酒店的门童会主动开车门,敬礼。早上好,先生。我会朝他们点个头。"

"你不开口讲话。"

"说几句西班牙语,"他谦虚地说,"你在这里吃饭吗?"

"你饿了吗?"

"有点。我可以等。"

"我们可以上酒店去吃晚饭。"

稍顿片刻,他说:

"噢,我身上没带多少钱……"

"不用担心。"

"我本来应该拿到一张支票,"他说,"两天前就该收到。"

"不用担心这个。"我让他放心。

"你认识镇上很多人吗?"他问道。

"噢,有一些,"我说,"这里非常安静。"

"安静。"他说。看来他马上接受了这个想法。"哦,我是说,有多安静?"

"很安静,"我告诉他,"要不要再叫一个人?"

大约八点我们来到那家酒店。餐厅灯火通明,好像比平日里还要亮堂。也许是我心情不错。这毕竟算是个社交活动,而我向来都是独自一人用餐的。我打开菜单。我们略低下头琢磨点什么菜。周围是进餐发出的柔和舒心的声响。房间正中央的一张桌子上水果闪着微光,旁边的盘子里盛着奶酪:蓝干酪很浓郁,味道重得像女人的腋窝;羊乳干酪,布满大理石般的纹络;小巧带包装的吉夫干酪;格鲁耶尔干酪……这时我才注意到,入口处有伙人在搞聚会,皮考特夫人和她女儿也在里面。她们正开心地聊着天。别的几个人我不认识,年纪都大得多,有可能是亲戚。不管怎样,我已经了解到关于她的一些情况。她离婚了。丈夫爱上了别的女人。克劳黛对他来说太奢侈,也许是太华贵了。她总是精心打扮,打理过的头发拢在额头上。每只腕上都戴着手镯。戒指很大,其中一只戴在左手食指上,甚至打字的时候都戴着。她大约二十八岁,克劳黛,或许二十九。她走路的样子让我无力抗拒,一种摇曳的、女人味十足的步态。臀部丰满。腰很细。有些骨感的腿。我是在她上班的市政厅遇见她的。当时她俯身在打字机上,擦抹错字。她的毛衫胸前微微开叉的地方,能看到白色内衣忽而一闪。我的眼睛不断朝那里送上迅速又无助的瞥视。

离婚的代价很昂贵,她告诉我。我注意到她画在脸颊上的小痣。花了四百美元,她说,她丈夫也花了四百美元,此外她把几乎所有的家具都给了丈夫,这位消失了的丈夫是个眼镜销售员,经常出门在外。她做了个小小的无可奈何的手势。

女儿坐在她旁边,专注又沉静。她八岁了,举手投足已经和她母亲一样舒缓得惊人。一个非常漂亮的孩子。她握着叉子吃饭,那对她来说显得有些太大。她时不时抬头望着克劳黛。

迪安的胃口很健旺,不过,第二杯葡萄酒下去后,叉子上的东西开始有往下掉的趋势了。他有时漫不经心地从桌布上捡起来直接吃掉。我们吃的是用河里的梭鱼做的菜,梭鱼鱼肠[1]。他不停地问我这些菜叫什么名字。

他的法语已经很不错了。当然,侍者还是假装没听懂他说的。迪安不在乎。

"他们都喜欢这样,"他说,"鱼肉肠。对吗?你告诉我叫什么来着?"

夜晚漫长而又从容的几个钟头过去了,那辆车停在外面,门口的灯光正好落在上面,总有人驻足观看,寒冬渐渐逼近。盘子悄悄撤掉了,美食的口感久久不散。这是一顿法国佳肴不朽的列

---

[1] Quenelle de brochet,一种法国传统特色菜。

队展示。我们喝完了葡萄酒。迪安正往自己杯里倒巴黎水。他渴得像匹马,他说。

"他们总是告诉你喝葡萄酒才是安全的。"

"是的,不过我喝这种水。"

"我也是,不管在哪里,"他说,"你知道世界上最干净的水在哪里吗?"

"不知道。"

"耶鲁游泳池,"他说,声音逐渐变弱,"反正他们总这样说。"

"你什么时候从耶鲁毕业的?"

"我没有,"他说,"我退学了。"

"噢。"

他说这件事时漫不经心,没有屈尊做任何解释,这种权威的做派镇住了我。如果我是大学低年级的学生,他会成为我崇拜的英雄,那种假如我有胆量也可能会变成的叛逆者。相反,我做什么都循规蹈矩。我的成绩都还不错,我爱护自己的书,衣服穿得很得体。现在看看他,我确信自己错过了一切。我感到嫉妒。某种程度上他的生活更加真实有力,甚至能把我的生活吸到他那里去,就像一颗暗星。

他退学了。对他来说那一切太简单,他妹妹告诉我。所以他拒绝了。他在数学上向来独具天赋,拿了份奖学金。他知道自己非同寻常。有一次他参加了自己没选修的人类学课程的期末考试。他在试卷顶头说明了情况。他的论文写得精彩绝伦,教授立刻喜欢上他了。当然，迪安有点泄气。这只能证明一切是多么荒谬。大学一年级的时候他就已经获准休学，后来又休了一次。他想找个心理医生看看。他跟形形色色的朋友住在纽约，开始养成某种风度。这样的生活持续了整整一年，但是大学非常通情达理。最后他回学校又上了一年，但是最终，他还是彻底退学了。后来他就开始自学。

6

迪安站在洗脸盆边刮着胡子。他半裸着身子站在那里,显得很瘦。双肩瘦骨嶙峋。我试图创造出更多的细节——两只脚又窄又白。我试图把他刻画得真实,他父亲那些朋友们的宠儿。他登门拜访他们。他经常开他们的车。

卫生间很大,一扇窗户下横着低矮的架子,上面放着克里斯蒂娜的瓶瓶罐罐,很多瓶子里装着彩妆、浴盐、化妆水,还有些药瓶。剃须刀刮起来像理发师的刀,短促、均匀地刮几下,然后稍顿片刻。他偶尔用水冲一下。他的胡子不是很茂密,大部分都在下巴周围。在外屋,我穿戴整齐地坐着等他出来。他在镜子里匆匆查看自己。

"你都准备好了?"他天真地问。

最初几个星期一直在欧洲那种寒冷的天空覆盖之下,那段时间现在看来好像不曾真的经历过，后来发生的事洗掉了它们的存在，几乎被逐出了记忆之外。我们是十月出发的——我从一份清单上看到——前往塞纳河畔沙隆、博讷[1]和第戎（去了三次），甚至还到了南锡[2]。

我们沿着西边丘陵的山顶在灿烂的天空下航行，云朵被阳光染得斑驳陆离，后来开始往下朝城镇的方向行驶，山路千回百转，随时出现隐蔽的急弯。然后是沿着那些宽阔的直道穿过我一无所知的街区，径直朝那个完美的广场奔去，它就像个徽章，是这座城市的标志。南锡。我当时怎么会知道，这里很多街道后来会变得像我童年记忆中的那些街道一样神圣？乔治·克列孟梭大道。我们穿过它，然后离开了。

那天是星期六。街上人群拥挤，人们在街角烘烤栗子。我们坐在商务咖啡店靠窗的位子。下午四点钟，法国的蓝天上云彩翻涌。这一年即将过去了，寒冷逐渐降临——每天都能感觉到这一点。迪安在研究旅游指南。我望着窗外。小汽车绕过广场转弯，慢得像公牛。偶尔会有辆捷豹或者奔驰经过，那些幽灵般的庞然大物，有时里面会有一张漂亮的面孔。店铺里塞满了鞋子、金饰、山羊皮制品和漂亮的奶酪。

---

[1] Beaune，勃艮第大区市镇，被称为"勃艮第葡萄酒之都"。
[2] Nancy，法国东北部城市，洛林大区默尔特－摩泽尔省省会，法国七座驻军保护城市之一，位于洛林高原腹地，摩泽尔同马恩－莱茵运河的交汇处。南锡是著名的历史文化名城，中世纪中后期一直是洛林公国首府。

此刻我仿佛看到了它在拂晓时分的样子,那时光线白如粉笔,然后又变成最浅的蓝色。街道上安静极了。那些高耸的罗马城门寂然无声——卡诺广场,它长长的队列般的树林。我在这个城市像梦游症患者般四处漫步。在铁军酒吧,香烟的蓝烟袅袅升起,散发着缅怀往事的气息。第二十军团大道。退伍老兵们佝偻着身子坐在街上,穿着毛衣和蓝色外套,周围是已经陈旧、锈迹斑斑的辉煌遗迹,霉菌的白爪玷污着它,能闻到潮湿的味道。黎明的光透过平坦的窗户照进咖啡馆。有人沿着运河独自走回家,鞋子刮擦着灰白色的人行道。

深秋的傍晚。天刚擦黑,我们边闲逛边琢磨着去哪里吃饭,接着在第一阵初雪中启程回家,在那辆老旧的德拉奇里裹紧身子呵着水汽。暖气还没修好。雪流向车的头灯,朝我们灌过来,打得玻璃噼啪响。变速箱发出磨损的声响。碰到一个大弯路,我们像蛇一样猛地窜过去。

"噢,当心,迪安。"他说。

公路对面,一条雪河正在涌流,它溢出了两岸,不断改换着方向,奔腾而去。我们开始放慢速度。白雪朝我们拍打过来,落下时没有任何声音。我们在旋转的白茫茫中,在汽车发出的浑厚声响中迷路了。

"你刚才看见那个标识了吗?上面写着什么?"

"郎格勒[1],我想。"

"郎格勒。"他说。

"没错。我们走的路是对的。"

路上花了好几个小时。很快就没有别的车辆了。沿途经过的公路荒凉得像大草原。村庄一片漆黑。

终于到了目的地,我们顺道去弗伊咖啡馆小坐一会儿。来到室内感觉很好。木质地板感觉很好。我们找了个小隔间坐下。有那么几对男女在周围零零散散坐着,一切都非常温馨。女侍者给我们端来茶。她是个乡下姑娘,周末在这里工作,我以前见过。女孩穿了件高领衫,黑裙子,腰上紧紧扎了条皮带,把她分割成让人垂涎的两个区域。吧台后面,收音机在轻声低语。外面雪下个不停,完全覆盖了轿车,像座英雄的雕像,雪塞满了通向停车处的路。女侍者取下拖盘里的东西摆在桌上:茶杯、浅碟、银壶,迪安观察着她。女侍者走开后,他的目光又追随过去。

"她喜欢你。"我告诉迪安。

他的目光突然转向我,犹豫了一下。

"你是什么意思?"

"嗯,我看得出来。"我说。

他看了看我,又看了看那女孩。她正斜靠在吧台上,没有注

---

[1] Langres,法国东北部香槟阿登大区的小镇,建在海拔四百多米的山顶,自中世纪以来修建的军事筑墙绕城一周,至今保存完好,并有法国境内唯一幸存的文艺复兴式塔楼。

意。这时迪安笑了,疲倦又落寞。

"没错的。"我告诉他。

"我知道。她在梦里想我,已经好几个星期了。"他说。

7

乔布夫人瘦得过火,像个小男孩一样瘦骨嶙峋的。她觉得他长得像个电影演员:艾迪·康斯坦丁。我告诉迪安这个的时候,他说:

"谁?"

我说是个经常出现在廉价电影里的人物。

"从没听说过。"他说。

"你会见到的。我觉得你并不像他,不过……"

"太异想天开了。"他说。

乔布夫人微笑着。她一句英语都不会说。她根据嘴和嘴的互动来理解谈话,像条狗那样。

房间有种空荡、时髦的样貌,但不知怎的并不显得昂贵。几张小地毯零零散散地铺在抛光的木地板上,桌上放了几本杂志。

家具搁在屋子里几乎都像是暂借来的,我不知道这是否有某种原因。亨利·乔布在手套厂工作,是个经理,颇有些地位。比利为了我给他写过一封信,我登门拜访的时候他们都非常友好。当然这不是他自己的房子,是属于乔布夫人父亲的,跟岳父的房子挨着门——这种情况不算不寻常。

亨利不是这里的人,他老家在里昂。噢,那可是法国第二大城市,挨着一条宽阔的大河。乔布经常拿这个来压她,好像这是个什么头衔。她父亲做供暖生意,做得很不错——在城里有个最大的门店——但是,毕竟不能跟里昂比。你能从她的脸上看出这点来。另外,乔布很苛刻,不许她跳舞,她悄悄告诉我,她对跳舞爱得如痴如醉。是他的心脏不好,但无论如何……

十一月的那个星期寒冷多雾。我们沿着马扎格兰大道行驶,看不到别的车灯,黑暗中酸橙树漆黑似铁。我们在镇子新区乔布夫妇住的那条街停下车,墙壁空空荡荡,一切看上去都很荒凉,甚至连路边停放的汽车都显得如此。我已经提醒过迪安,晚上可能会很乏味。路边的很多房子都是新修不久,好像某种新的植物,根本还没成形。房屋之间的空地显得有些尴尬,全是光秃秃的树。

乔布夫妇在围墙上装了安全门,绿颜色的门,我进去后随手关上了。我们的脚步声在寂静的街区听着格外响亮。

"你确定约的是今晚吗?"迪安说。周围看不到灯火。

我们在嵌进砂土的平坦石板路上走着,经过一个水泥砌的鱼塘,里面只有几根枯草。我按响门铃。头顶露出一线灯光,乔布夫人出现了。她热情地欢迎我们。我在狭窄的过道里介绍了迪安，不合时宜地握了握手，然后我们走进客厅，乔布夫人在我们身后随手关了灯。

晚饭后放奥地利的幻灯片，是他们最近旅游期间拍的。放映前亨利像捏硬币般举着幻灯片。很多山的远景。旅馆微微有点歪斜。那张是乔布夫人拍的，他用英语解释道。她听见提到了自己的名字，微微笑着。

"这是她拍得最好的之一。"亨利说。

迪安静静地坐在黑暗中。晚餐很不错——烤鸡，莴苣，巧克力慕斯。她的餐后甜点妙不可言。我有一种感觉，她一直在看不见的地方偷瞄他。

"因斯布鲁克。"亨利说。

我看着屏幕。一个巨大的赭色城市在一组组碎片中呈现出来，就像一幅破碎的大图的线索。我们面对的是精美的局部。街角。手推车。遥远得其实看不见的建筑物辉煌的正面。我坐在那里，不时能闻到乔布夫人散发出来的香水味，很惊讶味道这么浓。没有多少肉可以供它散发气味——那双瘦削的胳膊。不过她的皮肤非常细腻，脸蛋也很干净。

"噢噢。"她吸了口气说，赞叹着一张幻灯片。她对我说：

"真漂亮，不是吗？"

"叹为观止。"我说。

迪安坐在那里像个高傲的孩子。他一句话都不说。当然，这整个晚上的枯燥乏味让他觉得难以置信,真的可以有这样的夫妻。(亨利可能有四十岁。朱丽叶特大约二十九岁。不过迪安读过拉迪盖的作品。二十九岁不算老。)他沉默着,几乎明目张胆地心不在焉。他点上香烟,在那个关着门、装着中央照明的房间,烟雾从他的嘴里出来时带着一团浓密的光彩。他吐出长长一缕羽毛般的烟雾,比冰还蓝。亨利又朝灯举起另外一张幻灯片。我们在向东走了。他们好像每隔十公里就停下来拍点东西。

迪安肯定不会以这样的方式旅行。我有些嫉妒他可能会做的事,我感觉他目前只是在随心所欲地闲荡。我想象他春天在法国南部的一次旅行,说不上他跟谁同行,但我知道不是他一个人。他们的旅行很节俭,带着一丝慵懒,只在手头真正宽裕的时候才偶尔奢侈一下。他们住在里维斯牛仔裤和阳光里。有时他们就在溪水中刷牙。也许就是他在巴黎碰到的年轻妓女,他觉得相处起来很轻松。不,这个想法太俗套了。我能想到自己会怎么做:教她如何穿衣服、做头发,教她言谈举止,与此同时又像个罪犯般日夜虐待她,有些教诲可以在比如说性交的时候提供。是的,她会觉得很有意思,她会面带一丝微笑脱掉衣服。他们的关系就像《曼侬·莱斯戈》[1]的开头那样。他们在各个城市漫游。他们消失在旅馆房间里——谁也追踪不到。长久的沉默里充满了我无比渴

---

[1] *Manon Lescaut*,法国作家普莱沃(1697—1763)的长篇小说,写的是贵族青年格里奥与年轻姑娘曼侬·莱斯戈的爱情悲剧。这部作品曾分别被 J. 马斯和普契尼改编为同名歌剧。

望知道的东西……

后来我们坐回车里，皮垫冰冷，下个不停的细雨弄得窗户朦朦胧胧，他想开车去个地方。

"去哪里？"

"我们去第戎吧。"他说。

"当真？"

"没多远。"

我稍微有点内疚，乔布夫妇好像能感觉到我们很开心终于可以离开。已经过了十一点，可迪安还完全不困。他把我的困倦也吞噬掉了。

"走吧。"他说。

我们慢慢回到主街，雨刷凌乱地舞动着，划过玻璃的时候发出呻吟。这个时刻的镇子漆黑一片，格外荒凉，只有几家咖啡店还开着。至于别处，每栋楼都是黑的。

"他对她可真糟。"迪安说。

"你是什么意思？"

"他把她牢牢攥在手里，"迪安说，"你知道吗，他会打断她的骨头。"

"我不觉得有那么严重。"

"我替她感到难过。"迪安说。

"为什么？她挺好的。婚姻很美满。人家有孩子，丈夫又做得不错。这才是最重要的。我的意思是你要明白事理。他们有自己的乐趣。"

"她很饥渴。"迪安说。

"可能有点。那是因为今天晚上你在那里。"

"也许吧。"他笑了笑。

"你瞧,如果有人觉得你像某个电影演员,里面必有意味。"

"嗯。"

"特别是你跟那个人根本不像的时候。"

迪安大笑起来。

第戎悬在浓雾中。我们沿着空空荡荡的大街行驶着。他对道路了如指掌。我们前方出现了"圆亭"的蓝色霓虹灯招牌。我们把车停下朝大门走去。这时可以听到音乐了,跟这个大雾弥漫的寂静之地格格不入。走进里面时,黑暗像玻璃般破碎了。一个边缘全是灯的小舞台上,有个乐队正在演出。几对男女在跳舞,不管什么声音都非常响亮。

侍者让我们来点儿香槟。迪安摇了摇头:不,不。他知道路数。我们坐在那里看表演。

"什么音乐啊。"他说。

"你觉得好吗?"

"天呐,不好。"他说。

人群中有个姑娘跟一个非洲人在一起——我敢肯定他是个学生——他穿着廉价的灰色套装。两人搂着腰,跳舞的时候像旋转的纸牌。黑桃杰克慢慢消失,方块皇后渐渐浮现。他们的嘴在黑暗中贴到一起。

我们对面的黑人更多，但都是美国人。大兵们。从他们的脸和衣服立刻可以看出来。他们都长着厚嘴唇，有种粗糙感。块头很大。手掌阔，肩膀宽。看上去好像快要从衣服里暴出来。桌上摆着可乐瓶——当然是准备给他们的法国姑娘的。其中有个姑娘穿着紧窄的格子裙坐着，裙子看着像是绿色的。虽然夜里很冷，她还是穿着短袖。她微微转过头来。很年轻，单纯，表情空洞。我忽然难受起来，不知道为什么——她显然什么都不在乎——不过可能跟她的窘境有关。她看着只有十六岁，年轻的手臂在阴暗中柔和地闪着光。

这时他们中有人开始用那种深沉悦耳的黑话说起话来。她不明白他在说什么——或许是乐队声音太吵。他凑得更近些。他的嘴唇紧挨着她的耳朵动个不停。这时她点了点头。她镇定地望着他，点了头。别的人坐在那里，硕大的手臂放在桌上，听着音乐，偶尔说个词。我看不太清楚另一个女孩。她的头发很长。音乐在我们周围咆哮，鼓手的脸都湿了。

我们已经从因斯布鲁克到了贝德兰姆[1]。没法再说话了。我昏昏欲睡，忽然觉得有点沮丧。我不停地朝他们的桌子望过去。他们离开的时候，我敢说自己很清楚接下来会发生什么。他们会出去走到一辆巨大的绿色庞蒂克前，那辆车出厂至少有五年了，

---

[1] Bedlam，旧时伦敦的一家疯人院，后泛指喧闹混乱的地方或场面。

也许是辆福特。消声器坏了。发动机的声音强烈又生猛。她坐在后排两个黑人中间。那意味着……我不知道那意味着什么，黑暗中会低声说出什么优雅的词语。正如里尔克所说，人生没有为初学者准备课堂，那些最困难的事都是突然降临的。但话说回来，他们还不至于那么糟糕，那些黑人。他们很亲切，我听说，他们很温柔。他们会在一个姑娘那里花光身上的每分钱，绝对倾其所有。他们有种愚蠢的慷慨。这点让我妒火中烧。

我们开着车默默地穿过浓雾，车灯发出的光几乎全被吞没了。黄色的光线在前方如烟雾般弥漫，什么都看不见。圆亭咖啡馆已经很遥远。门已经在我们身后关闭，音乐已经消失。我们在看不清的路上爬行着，几乎不比步行快多少。回家要开几个小时，我们已经抛在身后的这个夜晚的最后几小时。我们把它留给了那些大兵。他们一无所有。他们没有任何东西可以保留。账单送来的时候，他们的手茫然地伸进口袋，互相问对方要硬币。

我让车窗半开着。潮湿的空气渗到脸上。

"我得再多学点法语。"迪安说。

"嗯，这个自然会学到不少的。我看你老在记单词。"

"问题是那全都有关吃的东西，"他说，"我能说的只有这个。你总不能老说吃的。"

"说得对。你应该读报纸。"

"我这就开始读。"

我们从第戎郊外悄然溜过，偶尔经过一处认识的地方，一个交叉路口，一个特殊的标识。

"我来告诉你这个国家最伟大的东西是什么，"他忽然说，"空气。不管什么味道都很好。

"这才是真正的法国，"他说，"你说得对，如果不是因为你，我永远发现不了这个。"

"噢，你总会发现的。"

"不，我跟所有人一样，只是在巴黎周边转。那很容易。可是谁会去第戎？"

"没多少人。"

"或者去欧坦？"他说。

"更少。"

"没人，"他说，"所以它成了现在的样子。"

8

早晨越来越冷了,我对此毫无准备。冰冷的早晨。街道还很黑。自行车从我身边经过,车上的零件吱嘎响个不停,骑车的人像乞丐般苦不堪言。

我在圣路易咖啡店喝了杯咖啡。里面像医生的诊室一样安静。椅子还反扣在桌上,薄窗帘外面透着撕裂人的寒冷。也许要下雪了。我瞥了眼天空,凝重得像潮湿的地毯。法国只在冬季才露出真容,她赤裸的本性,毫无矫饰。天气晴好的日子,全世界都会爱她,可是现在却令人消沉。你感觉自己就像个九死一生的逃亡者。

这些阴郁的早晨。我站在暖气旁边,想在冷得像玻璃的铁片上暖暖手。法国人酷爱简洁。在室内他们只穿件毛衣,有时还戴顶帽子。是的,他们钟爱光,但只爱天堂赏赐的日光。他们的房间大多暗得像济贫院。烟草、汗液和香水的味道，全都混为一体。有种令人沮丧的氛围，其中每个声音听着都冷酷又单调——关门的声响，脚步声，藏在粗粝、嘶哑的你好之下轻微的抱怨。你能感觉到一种巨大的奴役感，不明所以而又无穷无尽，但随着皮考特夫人的身影在她办公室的玻璃后面一闪而过，所有这一切又出其不意地消失了，那个隐约有些俗艳的、令人激动的侧影。想到这点我的胸口就发疼。我忍不住去幻想，她会像整整一季铺张的盛宴般躺在我的未来之中，只要我知道该如何办妥此事。我几乎每天都会见到她。我总能找个理由去那里，可是在她工作的时候很难说上话。哦，克劳黛，克劳黛，我的双手发麻。它们想抚摸你。她精心梳理的头发中间扎了条发带，有点心烦的时候她总喜欢摩挲它，然后再碰碰毛衣最上面的那颗纽扣，就好像那是枚宝石。她的脖颈上还装饰着成串的玻璃珠，颜色就像夜店里的吻。她食指上缀着颗绿宝石，还戴着几枚婚戒，好像是三枚。我紧张得没法去数。

"你不是这里的人，对吗？"我问她。

"噢，不是，我是巴黎人。"

"我想也是。"

她微微一笑。

"不过你很喜欢这里吧？"我说。

"噢。"她无奈地耸了耸肩。

靠近她的时候，我几乎能感受到她的肉体，品尝它的滋味，就像个饥肠辘辘的人,像个水手闻到远离海岸的植物的味道。

她打开钱包,取出几张在酒店大厅里拍的照片。这个动作来得太快了,我还想多看几眼。她做过服装模特,她说,那段日子她经常到处巡回表演。那很有意思。这个周末在维希[1],她告诉我……那个周末在梅杰夫[2]。

十二月三号。那天没有任何可指望的,过得很快。下午落了点小雪,若有若无,雪量很小,好像不过是宣告马上要冷了。镇子迅速朝黑暗降落,开始出现亮着灯的铺子,车灯、饭店和小咖啡馆的灯也渐次亮起来。其他的一切都在一种巨大不朽的周而复始中渐渐转黑,太严肃、太古老了,难得有什么变化,而百叶窗和厚重的窗帘后面却是某种夜生活,以微小的分量配给着,精确得就像老掌柜的秤。

我顺道去书店买了份报纸,我很熟悉看店的老头。柜台靠近窗户,光线照得他无精打采,像个还没吃早餐的内阁大臣。他穿着件厚厚的毛衣,系了条围巾。他的两腮几乎呈纯紫色,好像总是郁郁寡欢,但还有整个冬天得熬过去。他的生命不再用年来计算;而要开始用季度来算了。最后,是一个个晚上,每个晚上都会像月球旅行般危险。他找来零钱给我。他的手指像木头般粗糙。

在一间灯火通明的房间,迪安展开双臂。

---

[1] Vichy,法国中南部城镇,著名温泉疗养地。
[2] Megève,法国著名的滑雪胜地,位于阿尔卑斯山下。

"你去哪里了?"他说。"我要给你个惊喜。"

"什么?"

他没有立刻回答。

"你会很开心的。"他向我保证,站在镜子前从这个角度看看自己,又从那个角度看看,动作轻盈得像鸟。老兄,他独自跑调唱道,你真好看,你真好看。

"你还想不想告诉我?"我问道。

"噢,等会儿,"他说,"等会儿。"

我看着他系鞋带。他已经穿戴整齐了。这时他开始打量全身。

"下雪了。"我说。

"下雪了!"他直接走到窗前。他看到外面在下雪。"噢噢!"

"下雪你就很开心吗?"

"太美了,"他说,"简直太美了。"

我们出发去弗伊咖啡馆。

某些事情我如实记着。它们只是随着时间的流逝略微褪色,就像放在一件被忘记的衣服口袋里的硬币。但是,大多数细节早已变形了,或者被重新安排以便带出别的细节。事实上,有一些显然是伪造的;但同样重要。人们改变过去是为了塑造未来。但最终出现的模式具有真正的意义,它会抵制所有更进一步的改变。事实上,我要是继续尝试的话就会出现一种危险,所有和谐一致的事件也许会像旧报纸般在我手里分崩离析,想到这个我就受不了。无数的过去,进入我们内心然后又消失。除此之外,在其中某个地方,存在着像钻石般拒绝被吞噬毁灭的碎片。如果你足够勇敢,仔细筛选并收集它们,你就会发现真正的意图。

金星咖啡馆。冰冷的大街旁一间明亮的房间,雪断断续续地下着,车流稀少。侍应生是个年轻男孩,穿着脏兮兮的白色外套。除了我们只有一桌有人——一个看报纸的男人——这个最朴素的房间,这间村舍般的屋子,在单调的冬天,在这黑暗寒冷的时刻,几乎是空的。我们三个对着印花桌布,她特别紧张。从她的手可以看出来。我注意到她打了耳洞。廉价的饰品穿过耳垂柔软的肌肉悬挂着,她不停地触摸耳朵上的饰品。她跟那天晚上在第戎的模样完全相同,同样的衣服,同样的白胳膊。侍者端来三盘牡蛎,深深的不规则的外壳里躺着光洁的躯体。我们开始吃的时候,有那么一会儿她坐着纹丝不动,过了片刻才动手,像是出于尊重或者不愿显得饥饿。真正的原因很简单:她在观察我们,她从来没吃过牡蛎。

安-玛丽·科斯塔莱特,生于一九四四年十月八日。那会儿我刚上高中,每天枯叶般弓着身体手淫两次,而她刚刚出生,照她说是出生在一张紫罗兰的床上——所有法国母亲都这样告诉自己的孩子。迪安想让她喝点葡萄酒。不用,她说,谢谢。她不喜欢。她的脸颊被冻出两片小小的红晕,可是你越靠近她,越发觉她的样子美丽绝伦。十八岁!我想。看起来甚至更年轻。当然,这也让我感到可怕。十八岁,有一个黑佬情人。简直是从让·热内[1]作品里出来的人。

"你是怎么遇到她的!"我说。我意识到自己的声音有些不自然。她说抱歉失陪一下。卫生间在隔壁,要经过吧台。

"你觉得她怎么样?"迪安说。

"她还是个孩子。"

她吃饭的样子像码头工人,趴在盘子上方用叉子大口吃着。她把面包全吃完了。

"你注意到这点了吗?"

当然。我永远不会忘记。

"食物。"他说。

"什么?"

"我最拿手的话题。"

她回来了。面带一丝微笑坐下。

十点,侍者不见了。餐厅寂静无声,廉价旅店那种寒冷开始包围我们。她在讲英语,但很难听懂,而且很滑稽。我们大笑的时候她也微笑,是那种试探的、友好的微笑。

"说什么呢?"她问道。

---

[1] Jean Genet(1910—1986),法国诗人、小说家、戏剧家,二十世纪法国最具争议的艺术家之一,人生经历颇为传奇,幼时被父母遗弃,后沦落为小偷,青少年时期几乎全在流浪、行窃、监狱中度过,在监狱中创作了小说《鲜花圣母》《玫瑰奇迹》。

她给驻奥尔良的美军工作过六个月。她的英语就是在那里学的，但大部分已经忘了。后来她又在特鲁瓦的一家酒店里干过。（我从没去过那地方，只能想象——一个小小的商务酒店，相当现代。店主的儿子叫罗兰。他和朋友们都有自己的小轿车。他们经常聚会，其中某个人有座很大很空的房子，他们经常带女孩去那里……）今年夏天她会去拉波勒打工。迪安想知道那地方在哪里。布列塔尼，我告诉他，在海边。她点点头。我搞不清她能听懂多少我们的谈话。迪安把自己的夹克披在她肩上。房间里已经很冷了。

我们开车送她回家。卡鲁日广场。她住的那幢楼很暗。她的房间在一条小巷上方，有些科西嘉人在巷子里卖水果。柠檬、梨子和西班牙橘子的残渣不时沿街吹来。他们有自己的旧卡车，又高又破，经常停在店铺附近。镇子的这一带我几乎没有来过，是几栋楼房和几条不太长的街道组成的安静死角。我坐在车里，迪安送她去门口，但她先走到我坐的那侧窗口。我赶紧把窗放下来。

"晚安。"她彬彬有礼地说。

他送她到门口就离开了，她朝自己的房间走去，样子跟任何好孩子没区别，她的房间也许就在顶层，像只麻雀般蜷在屋檐下。这房间在一栋狭窄的楼房里——恐怕一个班的督察员都发现不了。我从来没去过那个房间。从一开始我打听房间的情况时，他就什么都不说。没有什么可描述的，不过就是个房间。如此贫乏的回答说明了一切。

他担心我会问他什么。他几乎准备好随时撒谎——这个轻而易举就能看出来。我以前经常言不由衷。现在不了。对迪安我从来都说真话，从一开始就这样。我认为部分原因是担心他会识破，但更重要的是，撒谎忽然间显得毫无用处。不仅如此，谎言给不了我任何慰藉。和他在一起时，我感觉——这很难解释——谎言是没法对他起作用的。他已经表明了对谎言毫不在乎。他整个一生都是这样的。

那女孩弯腰拿着火柴插进去，炉子发出轻柔的爆破声。蓝色的火苗蹿出喷射口，然后燃烧起来，声音逐渐稳定。房间里只有这点光，从地板上反射出来。她又站起身，把燃烧过的火柴放在桌上，开始在炉子的格栅上铺衣服，是几件睡衣，把它们平铺开烘热。迪安帮着她一起弄。睡衣很冰冷，如果是绸缎面料的话。他们刚从雪铁龙车库对面的沃克斯电影院回来，现在玻璃门已经关了，他们站在呼啸的黑暗中。迪安几乎用亲昵的兄弟般的姿势，用手臂搂着她。他们相互还不熟悉。她一言不发、一动不动地接受了这个姿势，他们在某种纯粹的沉默中等待着，空气中弥漫着煤气淡淡的甜味。过了一会儿她把睡衣翻过来。她背对着迪安。一转眼她就脱掉了毛衣，然后有些笨拙地把手伸到身后，解开了胸罩。他慢慢地把她转过来。

最后她离开了迪安的亲吻，靠墙站着，双臂垂在体侧。

"圣女贞德。"她说。颤栗的蓝色在她身上摇曳。她看上去一副逆来顺受的表情。

他抓着她的胳膊。她把脸转向火光。他是她的行刑者,她说。这个词让他战栗不已。他的膝盖在发抖。

他把她裹在温热的睡衣里放到床上。她还很纯真,他觉得。她温柔地笑着,脸上浮现出某种经过长久康复后才出现的镇定。最后,他转身要走了,但是到了门口,她的声音拦住了他。嗯?把灯熄了,她说。他照做了。就像路西法[1],他创造了黑暗,然后降临了。

---

[1] Lucifer,基督教传说中的堕落天使。

9

我把自己当作一个卧底[1]或者双面间谍，先站在这一面——真实的那面——然后又站在另一面，但是在两面之间翻转，突然变节时，你很容易忘记自己的效忠对象，只感觉到那种超越所有规则、完全脱离约束的深刻而彻底的愉悦，就像一个罪犯。当然，跟任何密探一样，我不会泄露自己的情报来源。有些事情是我亲眼所见的，有些是我自己发现的，我只能说这么多，因为哪怕小到一个单词的删除或搁置，都会暴露某些值得隐藏起来的东西的存在。如同那些伟大的侦探，我开始对这种发现日益痴迷起来。每张纸片我都要审视，每个细节都不放过。我说过，有些事情是我看到的，有些是发现来的，还有些是幻想的，而且我已经没法

---

[1] Agent provocateur，指受雇同嫌疑人为伍并诱使其犯罪被捕的密探。

对它们进行区别了。但是,我幻想的东西跟我窃取到的任何东西同等重要。甚至更重要,因为它们是在最纯粹的状态下通过直觉获得的。没有了它们,事实不过是些碎渣,像没有串起来的珠子。这些幻想跟法国在雨中闪烁着黑色光泽的铁栅栏一样真实明了。或许还要更真实。它们是所有现实的骨骼。

我是个追寻者。其本质在于,我是知情者而迪安不是,但这还远远不够。首先,无论怎样努力我都不可能发现所有东西。光凭这点就足以保证他会全胜。我从来不会先发制人,首先采取行动的总是他。我不过是生活的仆人。而他是居民。最重要的是,我不会正面对抗他,连想都不会想。原因很简单:我怕他,怕所有在爱情方面成功的男人。那是他力量的来源。

她六点钟就开始等着他了。天色已经漆黑,他们开车穿过令人心悸的街道,越过很晚还开着的店铺,它们的窗户还亮着灯。她上去拿了些自己的东西,包括那台小收音机,然后他们就向圣莱热[1]驶去,一个工厂小镇,她的家乡。她家的房子就在运河边上。他们把车停在那里,迪安在车里等着她。天正下着细雨。收工回家的男人们沿着黢黑的大街走着,一路吹着口哨。他看不见他们。他们的声音来得出其不意,就像教堂里的声音。他安静地坐在车里。他听到有人咳嗽,路过,然后从车里出来沿着运河岸散步。自行车从身边经过。有女孩或者女人,他搞不清楚,站住

---

[1] St. Léger,法国巴黎东南郊的一个市镇。

打量轿车。她们想朝车里面看——他借着路灯看到这幅动人的画面——她们用一只手扶稳自行车,轿车的金属引擎盖上雨点闪闪发光。车身的其余部分,长长的优雅线条,消失在暗影中。她们忽然转身朝一幢刚打开门的房子走去。荧光灯的亮光与低语声倾泻而出。他匆忙到车旁边迎她。

他们驾车离开时,她宣称一切都跟母亲讲了。

"一切?"他问。

"是的。"

他们在沉默中开了会儿,驶向主路。

"嗯,她说什么了,你母亲?"他问。

"多加小心。"

"什么?"

她耸了耸肩,不知道该怎么解释。

"小心些。"她又重复了一遍。

到了特鲁瓦,他们顺道去了她工作过的酒店,问了问有没有她的邮件。他可以透过玻璃门看到她。他们递给她什么东西,是一封信,她出来的时候,没有看就把它放进了手提包。

他们在洛林餐馆吃了晚饭。一条老腊肠犬,爪子都变白了,在吧台旁边卧着。他有时在桌子间来回走动,或者到门口叫几声想出去。侍者会替他打开门。他再进来时,卧倒在地上呻吟。犹犹豫豫的叫唤。最后,叹息一声。你都能听到他呼吸的声音。

无论从哪方面来看那都是一顿美餐。她谈兴很浓,也很开心。

食物在她身边铺陈开来,就像等着要烧烤的蔬菜。她完全就是这顿佳肴里鲜活的分子。面对他不时投来的充满欲望的眼神,她微笑不语。

外面,小广场上,轿车全都停在一个三角形的区域里。夜空里悬挂着薄薄的细雨。他们默默坐着,等账单送来。终于送来了,最后的障碍已经消除。从这里开始便全是通途了,一路奔向巴黎,车灯投射在前方,引擎低声嗡鸣。迪安沉着而兴奋,在轮胎过了电般的静默中驾驶着。他多半时间都很硬,琢磨着在旅店开房会不会有麻烦。假如换了我——有时我完全沉浸在那些画面中,会自以为那就是我——可真要是这样,我不会有那份自信,完全没有。我会被疑心折磨得筋疲力尽,继续往前走只是出于某种好奇,想看看它究竟会在哪里彻底消失。我会想:上帝不会允许这样。

雨过去了。散碎的云朵后面月亮出现了。天空比大地更明亮。安-玛丽睡着了,身体蜷缩在皮座上。进入巴黎的时候他叫醒她。他们在稀疏的车流中沿着河岸行驶,然后来到里沃利路,她最喜欢的那条街。她望着长长的、完美无瑕的拱廊,就像一个游客,然后取出镜子打量起自己的脸来。

没有碰到麻烦。行李员带他们上楼,穿过走廊,脚下的地毯发出吱吱嘎嘎的声音。行李员手里拿着钥匙。他们走到客房门前。他把钥匙插进去。他俩在他后面等着。钥匙咔嗒咔嗒响了几声。房间终于呈现在眼前。典雅又宽敞。里面的物品和布置,包括颜色,似乎都已经相处了很长时间,这些都是根据实用性来配备的。

没有任何时髦或者无关紧要的东西。迪安迅速瞥了几眼那张大床。几扇窗户透进街灯。几面镜子。几把椅子。大大的卫生间里好像开着暖气。

他下楼去停车。找个地方挺难。他沿着窄窄的街道来来回回找了好几趟。他不想把车随便放在某个车行道上。他回来的时候，她正在梳头发。除了那条你会在"不二价"[1]商店的柜台上看到的廉价黑色内裤，她几乎全身赤裸。她对他笑着，有点僵硬，又有点茫然。

龙头的水流个不停。在卫生间，他欣赏地把她转过来。衣服全都脱掉后她百依百顺。她欣然地接受他的抚摸。她很好看。纤细。大腿间有几丝黑黑的绒毛。他们站在喷头下面。他舒坦地偎着她挨过来的臀部。一次极度煎熬的淋浴。他感觉都不能动了，但仍然往她的乳房上涂抹肥皂，它们在水流下面像海豹般闪闪发亮。他擦洗着她的后背。肩胛骨之间的皮肤上有一些小红点。他用浴巾敷了敷。这样对红点有好处，他告诉她。天花板上散射出金色的光。他开始勃起，硬得仿佛永远不会软掉。

他用一块柔软得像睡袍的巨大浴巾裹住她，把她抱到床上。他们斜着横躺在床上，他小心地把浴巾扯开，好像那是条绷带。她的肉体袒露出来，仍然散发着丝丝肥皂的味道。他的双手在她的身上游移。所有小动作累积起来的总和开始让他们缠绵在一起，

---

[1] Monoprix，法国专售廉价商品的连锁店。

这是爱情最纯粹的微积分。他感觉自己进去了。她最后那口气——几乎犹如一声叹息——离她而去。她苍白的颈项露了出来。

完事儿后她一声不响地睡着了。迪安躺在她旁边。这才是真正的法国,他想。真正的法国。他迷失其中,迷失在被单的味道里。第二天早上他们又做了一次。天光微微泛灰,时间还很早。她的口气有些难闻。

我没法追踪他们那天在城里走过的地方,十二月的道路,冷得像草原一样的大街。他们没多少钱,这个我知道。整个下午他们都在逛商店,但什么都没买。后来,走路走累了,他们回到了旅店。迪安还得出去办点事——需要给车换个零部件,他解释说。其实他去了趟旺多姆[1],他父亲目前住在那里。他需要钱。

"钱?我的孩子,除了几家大银行,对我们所有人来说,这都是唯一最需要的东西。"

他是个戏剧评论家,留着漂亮的黄褐色胡子,精心修剪过。他的衣着从来都很考究。这会儿他穿了件蓝色细棉布衬衣,除了扣着扣子的脖颈和手腕,这件衬衣似乎跟他身体的任何部位都不接触,围在他身上,透出优雅的修身感。

"钱,"他说,"当然了,我同样需要。瞧,你想跟我们一起去吃晚饭吗?"

他正在穿衣服,准备跟几个朋友出去。那些人个个聪明。他

---

[1] Vendôme,法国中部洛伊尔-埃切尔省的一个城镇。

们讲的故事又长又有趣,而且经常有失恭敬。几个女人跟男人一样言谈风趣。星期六的晚上。几只小杯盛满咖啡。高卢牌香烟的烟雾升起。

椅子上放着几张留声机唱片。桌上摆着几本崭新的书。写字台上有三条皮表带,是那天从爱马仕店里买来的。他父亲做了个轻微的习惯性动作,把袖口往手部拽了拽,然后转身面对镜子。房间里弥漫着他的姿姗妮古龙水[1]的气味,那东西装在几个漂亮的铝瓶里。只有他的行李箱看着有些旧了。

"杰凯特会去,你没见过他。还有叶里·埃佐。"他像展开一张华丽的地毯般亮出好多名字。

"我今晚不行。"迪安说。

"怎么回事,有姑娘?我来瞧瞧你,看着有点憔悴啊。"

"没有什么姑娘。"

"我们打算去乡村花园[2]。"

迪安沉默不语。绝望折磨得他虚弱不堪。

"行了,菲利普,"他父亲说,"去吧。这其实就像爬梯子。让我们来逐级往上爬吧。第一步,你怎么就不能跟我们去吃顿晚饭呢?"

"拜托了,不行。"

---

[1] Zizanie,法国花宫娜香水厂(Fragonard)1932年推出的一款东方香型男士香水。
[2] Vert Bocage,一家连锁酒店。

"我知道了。"

"我真的需要借点钱。"这话听着很唐突。

"噢,那还有四五级台阶要上呢。"

"非常急……"

"明天打电话给我,我们吃个午饭。"他父亲说。

"明天……"

"行吗?"

"可我现在就需要。"迪安恳求道。他在央求了。

"明天我们再来谈这事。"

"那就太晚了。"他固执地说。

"噢,那现在就来啊。"他父亲让这件事显得很蠢。他轻轻地拂着外套的衣袖。"别变得这么乏味透顶。给你。"他从钱夹里取出三百法郎。

"瞧,你为什么就不能去吃晚饭?"

有一瞬间迪安疯狂地想到带上她一起去。可是她的衣服实在拿不出手。鞋的皮子也开裂了。那将非常可怕。他们会以宽容的微笑对待她,还会问些琐碎的问题。

"我真去不了。"迪安说。

他终于回来后,看到她在睡觉。他揭起被角。她赤裸着。他脱掉鞋和衣服,在她旁边躺下,她翻身钻进他怀里。晚上七点。街上的喧闹声飘上来。入夜时分温柔的几个钟头。他伸手去取电话桌上的那盒保险套,她抓住了他的手腕。

"用不着。"她说。

"真的吗?"

"嗯。"

他兴奋得难以自持。进入她之后,他洞晓了这个世界。他知道了数字的起源,群星的路径。从什么地方传出的音乐在他们上方倾洒下来,噢,是从她那台白色塑料壳收音机里传来的。她在身下垫了条毛巾,现在已经染了血。他后来找到了那条毛巾。离开旅店的时候,他偷偷收了起来。

星期天他们在桥上散步,午后的某个时刻离开了巴黎。

那天晚上他跟我说了,当然不是全部细节。我很高兴能够见到他,听到他吐露心声,告诉我错过的很多东西。他开车累坏了。车停在大街上,黑得像船壳。发动机还是热的。冷却的车体下面有一丝隐约的破裂声,像关节裂开的声音。我们坐在屋子里直打寒颤。墙壁好像是钢板做的。我们下楼到弗伊咖啡馆去喝热茶兑干邑白兰地。这时他又说起别的事——好像是去哪里吃饭比较便宜——我记不清了。我几乎没有在听他讲。我只能听个大概,知道他在说什么,而我真正想的东西正像群饿狗般在我们周围打转。

10

当时到底发生了什么？他们离开，然后做爱了。这没什么稀奇的。人们早晚会碰到这种事。那不过是场甜蜜的意外，也许只是幻觉的终结。在某种意义上，你可以说那没什么不好，可是，为什么在这一切的背后人们感觉如此遥远？孤立，甚至极度危险。

我多少可以平心静气地猜想，因为这么快就发现了所有这一切，从这一刻起他们会彼此失去兴趣，渐渐冷淡，然而这些行为有时仅仅是个开端——在那些伟大的肉欲二重奏中，我认为情况往往如此——而我在寻找精确的解码暗号，用来将它全部打开，就像保险柜的密码组合。我重新安排事件，杜撰说辞，想揭示最初的纯真如何化作那些漫长的周日早晨，空中回荡着钟声，她的肚子底下塞了枕头，美妙的臀部在日光中高高耸起。迪安缓缓地插进去，深得像剑刺出的伤口。

我宁可不去想它，我躲闪开来，可是却无法控制这些梦。禁忌的梦炽热耀眼——它们像灼穿布料般烧毁人的意志。即便我有此意愿也阻止不了它们。我没法让它们消失。它们比围绕着我的日光还要明亮。我被这事弄得疲惫不堪。我变成了梦游者。我自己的生活突然变得没有价值，不过是一件旧衣，一堆破布，我按照他的节奏行走，呼吸，但他的比我的更加强劲有力。世界全变样了。现实的疮痂被挑开，尽管我努力不去看，但在那下面是各种让我颤抖的幻象。

他们在她的房间靠着火炉暖手。她累了。那天的工作很辛苦。他脱掉她的衣服，动作有点笨拙，因为她还远不属于他——你可以想象她还在拒绝——然后把她抱到床上。在厚厚的被子上方，她的脸像个孩子的脸蛋般明亮。他站在那里看着她，感到心满意足。他们什么都没说。他整理了一下有点肮脏的被单，把它抚平了。接着，后知后觉地，他匆匆脱掉衣服，溜进去躺在她旁边。这个举动威胁着我们所有人。小镇在他们周围很宁静。乳白色的钟表盘上，指针忽然同步跳到各自的新位置。火车在正点运行。沿着空荡荡的大街，不时会有一辆汽车黄色的车灯闪过去，钟声敲打着时间，整点，一刻，半小时。像花朵般轻轻一碰，她轻柔地朝他的下面摸索过去，他现在已经挺入了她的体内，她摸着他的睾丸，开始在他身下慢慢扭动，有点温顺又不肯驯服，与此同时他在梦一般的状态中稍微抬起身子，用手指勾勒她阴部湿漉漉的边沿，他这样做的时候，随即像头公牛般高潮了。很长时间他们紧紧挨着，仍然没有说话。可怕的是，正是这种交流把他们凝固在一起。正是这样的暴行诱使他们走向爱情。

我听到他进来了。我正在看书。假装在看书。亨利四世美化了巴黎，建造了皇家广场和新桥。我反复重读着这两行。我看得出发生了什么，但我不会主动说出来。什么都不会说。我一无所有，除了笨拙得像木头的说辞。

11

那上面全是只言片语，就像半块纸巾——有段时间就放在他书桌最上面的抽屉里——他们俩都写了字。分成两栏，可以看得出他们在轮流添加这些词语，像玩游戏。他写的在左边。最上面是铁十字勋章。另一边是她写的火星人。他写了个楼梯。她又写了个优选。他们在给酒店起名字，有朝一日他们会共同拥有的酒店。迪安可以搞到那笔钱，他说——他父亲谁都认识，有很多富人朋友。名单继续列举：

法老	拿破仑
伙伴	黑鹰
金字塔	四季
可可	现代

纸片后半截没有了,像湿漉漉的大街上一封撕掉一半的信。

那是在南锡,广场上的那家酒店里。明媚的十二月的午后。全城最核心的位置矗立着斯坦尼斯瓦夫[1]的雕像,他的脚边还残存着积雪的痕迹,绿色的手臂指向荒芜的公园。他们被领进旁边一个寂静的房间。她很开心。那是个周末。他们沿着大街在一张张平庸的脸庞构成的巨大人群中走着,她看到一件价值一百三十法郎的皮衣,觉得迪安也许会给她买。她戴着顶黑色皮帽。走在街上时,每只眼睛都追随着她。

收音机开着。他们在冬季的日光中脱掉了衣服。迪安对自己的状态稍微有些难为情。只要看着她,他就会硬起来。他自己也没办法。他最大的欲望是把她托举在那上面,狂喜地把她送入阳光,送上星空,从那里让她俯视整个世界。他们开始轻轻地舞动起来,赤身裸体,在刚降临不久的黑暗中,音乐声细若游丝,有些异国情调,他们赤脚踩在地毯上。然后他们开始做爱,她跨在他身上,用罗马诗人们最喜欢的姿势,像他告诉她的那样。他平躺着向上凝望着她,两只手抓住她的脚踝。她浓烈的味道倾泻而下。在那一切的底部,那片他将自己嵌进去的无声的三角区,他的目光流连忘返。

"你觉得再过五年还会记得我吗?"吃晚饭的时候,她问他。

---

[1] Stanislas Leszczynski(1677—1766),斯坦尼斯瓦夫一世,波兰立陶宛联邦国王,洛林公爵,其女儿玛利·莱什琴斯基是法国国王路易十五的妻子。

他试图笑笑，可是却笑得干巴巴的。他感到空虚，没有兴致谈情说爱。

"你会走的，"她说，"你就是这种人。"

"不是。"

"你就是。"她平静地坚持说。

现在他们彼此有些了解了，有一笔共同的财富可以提取。这场邂逅开始具备属于它自己的特质，虽然他们都还无法确切定义，但却同时滋养着两个人，而且，令人高兴的是，在这种无私的爱的仪式中，他们尽其所能地奉献着一切。至于谁拿走了多少都无关紧要。这是一个无限的躯体。它永远不会枯竭，只会被遗忘，尽管谁都不愿相信这点。

给他们端上来的是一碟堆得高高的小龙虾，咸味的，色泽暗淡。小细腿像干柴般在他们的牙齿下开裂，汁水喷溢出来。她想知道英语管这些东西叫什么。迪安拿不准。小龙虾，他说。

"小龙虾？"

"我想是吧。"他说。

她编了个故事：龙虾王子。迪安边听她展开边吮着手指，她好像在给孩子讲一个充满神秘色彩的传说。

在很深很深的某个地方，那里只有黑暗，龙虾王子出生了。出生的过程非常艰难，花了很长时间，因为他的脚总是缠住母亲的脚，但是，最终，他还是能跟在母亲身边游泳了，虽然稍微有点虚弱。大海里有身份的鱼都从四面八方赶来，给他带来了礼物：有珊瑚项链，有吃的壳菜，还有可以躺在上面的海草，绿的黑的……

他看着她的嘴巴和聪慧的眼睛。她的牙齿颜色非常难看，保养得也不好。她笑的时候你可以看出这点来，他却只顾留意唇齿间说出的话了，对此几乎视而不见。

他六个月大的时候，对妈妈说：我要上去看看世界。噢，妈妈很难过。她哭了。她不想让他去，可接着却说：上帝与你同在，亲爱的儿子。只要勇敢、诚实，危险就不会……

"落在你身上。"迪安接了下去，像是在做梦。

"落在你身上，"她说，这句话从她嘴里说出来听着很滑稽，"危险就不会落在你身上。"

"继续。"迪安说。

"喜欢吗？"

"哦，当然。"

从很深很深的水下，他游了三天，天才渐渐亮起来，他一路向水面游来……

这次漫长的历险——迪安深感震惊——最后以罹难结束，在一个泡沫翻滚的巨大的汽锅里，王子被烫死了，依然勇敢，依然诚实……讲到这个突如其来的转折时，她对着摆在眼前的汤耸了耸肩。迪安默默坐着。他已经被消耗得失去了创造力，同时第一次意识到，她完全有能力表达，并且创造出强大得足以改变他人生的景象。

十点钟他们回到旅馆。走廊空无一人。每个房间外面都摆着鞋子。门关上时门闩会轻轻地咔嗒响一下，听到这样的声音，迪安会忽然醒来。他转动下插销。他们很安全。这座城市是他的。城里没有人比他更强大。它躺在那里悄然沉睡，窗户上满是洁白的霜斑，沉浸在寒冷中。没有谁更神圣，没有谁更邪恶。

她赤裸着站在卫生间那面窄窄的镜子前。迪安出现在她身后。他的双手，先是虔诚地，像那些被赦免的人的手，游移过来想占有她。他温柔地掂量着她的乳房。

"我穿上那件衣服会很好看。"她若有所思地说。

他无动于衷地说："一定。"

"这只先发育的。"安－玛丽说。

"真的吗？"迪安空洞地说。

"一直都是这只更大些。是的。"

迪安开始关心起那只小的来。

"可怜的宝贝。"他咕哝道。

脸盆上方的玻璃架上搁着她的瓶瓶罐罐。其中一个瓶子上写着Biodop。她的长筒袜皱巴巴地扔在地板上。收音机里在播放《西班牙之夜》。他记得那件衣服有条亮闪闪的皮带。

他们熄灭灯。房间里有个大大的壁橱，一只柳条筐，几把椅子。还有一个可以用来挂衣服的金属枝形架。天花板很高。正中间——你的眼睛肯定已经适应了那黑暗——有个奇形怪状的装置。好几个小时过去了。她被束缚在床上，手臂压在身子底下，大腿被强行分开。她紧闭双眼。收音机里播放着 Sucu Sucu[1]。世界停止了。海洋宁静得犹如照片。星系飘荡而下。她的味道像水果一样甘美。

早晨。她脸朝下趴着,身上还带着睡眠的余温。她的手臂在脑袋两侧举起,胳膊弯曲着。迪安趴在她上面,搂着她,在清晨的曦光中,他们像举重运动员那样做着爱。他终于暂停了片刻。他侧起身欣赏她,但她没有看他。头发遮在她脸上。她的皮肤显得很白。他吻着她的腰,然后,几乎没有用力,像人们轻轻撩拨了下心爱的母马那样,又开始了。她发出轻柔而又精疲力竭的声音,就像溺水得救的女人,又活了过来。

她纤细匀称的脊背比早餐更抢眼。端早餐进来的侍者一眼都没敢朝床上瞥视。他走了之后她跳起来,仍然赤裸着,摆放好托盘。在无声的晨光中,她像勤快的女仆般掰开羊角面包,均匀地抹上黄油,然后再摆回餐盘。她的肉体闪着光,吸引着他。他像个孩子般挪过去靠近她待着,希望她会冲自己微笑,给他个甜头尝尝。他想要围着她乱跳,制造噪音,她却如此忙碌,如此平静。她打开了果酱。往这儿放些,迪安想说。他搂住她的腰。跳起舞来。他又亲了下她的胳膊肘。她瞥了他一眼,笑了。

一个宁静的星期天的早晨,斯坦尼斯瓦夫广场。纯净的晨光

---

[1] 由玻利维亚音乐家 Tarateo Rojas 创作的一首舞曲,这首歌在二十世纪六十年代变得非常流行,许多世界各地的歌手和乐队录制了他们自己的版本。

载着南锡的宁静，透过窗户流注进来。她就出生在这个城市，在战争期间一个阴郁的秋天。那时她父亲已经离家住到了情妇那里。她母亲独自一人。那是个寒冷的冬天，多雪的冬天，石头一样坚硬，屋檐的冰溜在阳光下闪闪发亮。某种程度上那个冬天塑造了她，尽管她对此连一个字都不会说。

早餐的剩菜撒得四处都是，像是头一天晚上的盛宴留下的。街对面就是歌剧院，阳台护栏上有些金色装饰，下面是看不见的海报。即将上演《拉美莫尔的露琪亚》[1]，黑色的字母印在紫罗兰的底色上。还有《波西米亚生活》。他们已经回到床上，几乎打算再睡个回笼觉，收音机里的声音很微弱，她的手指轻轻摸索着他的睾丸，在手指触摸下那儿的皮肤绷得紧紧的。

卫生间里，他看着她束头发。她抬着胳膊。腋下那片阴影里的毛发又短又软，是他喜欢的那种潮湿的洋葱的味道。她进入浴盆后，他开始擦洗她的背部。她抱怨着。太用力了。

迪安用指尖轻轻掠过她的皮肤。

"更好看了。"他说。

她没有搭腔。在稀薄而怡人的蒸汽中，她身子微微前倾，手臂横搭在白色浴盆的边沿。手臂下面可以看到她的乳房，略微有些平淡无奇，好像只要他愿意就随时可以看到，好像它们普通得

---

[1] *Lucie de Lammermoor*，意大利浪漫主义乐派歌剧作曲家多尼采蒂（Gaetano Donizetti，1797—1848）的代表作。

像膝盖。乳头的颜色非常淡——他只能勉强分辨得出。他在浴盆旁边跪下。她开始清洗双腿。

人们经常听说，在历史悠久的大城市，会有那种单纯的放纵时刻，那种放纵会耗尽欲望。我来过南锡很多次，读过大量关于南锡的东西。它是洛林的首府，十八世纪城市规划的典范。那些对称协调的广场、优雅的宅第是典型的法国风格，配得上一个如此富庶的地区，但是它的大气辉煌却要归功于一个波兰人，斯坦尼斯瓦夫·莱什琴斯基，他的女婿路易十五把洛林和巴尔分封给了他，他从南锡开始治理，热情地投身于该地的美化工作。这是个古老的城市。旧城区从未改造过。一个富商云集的城市，战略要地，边境重镇。站在它那城墙前……但现在这一切显得多么平淡，多么无望，犹如一张劣质的背景幕布，在演员们走过时摇晃不已。

12

　星期天早晨。他们互相触摸着戴手套的手，开车沿着空空的大道行驶。学校都关着门。散发着尿臊味的潮湿的深巷前，铁门紧锁。一道湿漉漉的阳光，在拒绝变暖的天空下退缩了，落在街区和角落里。令人意外的是，有一群人却像一伙幸存者，个个衣着体面，刚刚离开教堂。他们走进阳光时都眯着眼睛。下了台阶，继续往前走，最后在面包店前停下来。这些人就在那里四散开来，胳膊底下夹着热热的面包走了。迪安有点倦怠。讲法语是件苦差事。他厌倦法语，但讲英语也不见得更好，她的英语磕磕绊绊的。她犯的各种错误开始让人恼火，另外，她好像只喜欢讲些世俗的事情：鞋子，她在办公室的工作。她沉默的时候，他会朝她投去一瞥，微微一笑。她也不做回应。她觉察到了，他想。忽然之间，他觉得自己被看穿了。与他漠然的瞥视四目相接的那双眼睛，是一个无所不知的孩子的眼睛。所有的躲闪回避、故作姿态和心机都变得愚蠢。挡风玻璃上留下空气般若有似无的蓝色条纹。透过玻璃望着前方道路时,他能感觉到她在镇定地做着评判。她毫不费力就明白了。对她来说,生活是很清楚的。她是其中的一分子。她像条鱼一般在生活中游弋,从来不考虑是否有尽头和海岸,上面是否还有更高的世界。

下面的世界。在外省的那些星期天,我走在大街上,可能是去跟乔布夫妇吃午饭,我往前走的时候会偶遇到——甚至自己虚构出——那些微不足道的神显事件,小镇就是由那些东西构成的。女子学校的百叶窗后面,她们吃饭时汤勺碰撞出叮当声,却看不见人影。欧坦那些铺着碎石的庭院和花园。我穿衣服时站在窗户附近,沉浸在痛苦的渴望中,盼望着克劳黛·皮考特出现,哪怕只从她家的门口显现一刹那。被阳光融化的冰柱从屋檐上跌落,从窗口一闪而过。她从来没有出现过。那条街始终很安静。回首过去,我觉得那种生活就像一场单人纸牌游戏,每隔一会儿就要动一下。即便如此,也许我仍然是快乐的,一种安静的快乐,但终归是快乐。如果天气好,去城里散步会非常惬意——诸如此类。毒害我们的是知识,是人们不敢想象的很多事情。

冬日唯一不同凡响的是它们的平静……我下楼走进法兰西咖啡店,背对镜子坐着看他们玩牌。我拍了些漂亮的照片,很多都是反射在玻璃上的影像。相机放在我的膝盖上,有时藏在报纸后面。快门的响声比擦火柴还轻柔。女侍者假装没看见。人们从门口进来,门就在拐角处。有面墙上全是方正的窗户。光线充足,却很柔和。话语声很低。我展开报纸读起来,偶尔会做点笔记。

当然,还有巴黎。冰冷的黑暗中我站在站台上等着。那面钟像月亮般泛着白光。坐早班火车是场历险,黎明到来时一路晃荡,冲过死寂的村庄。我在车厢末尾找了个座位。所有隔间好像都不透气,弥漫着浓厚的睡眠的臭味。九点后我们开进纳维尔[1]。传来一声开门的哐啷声,冷空气立刻从外面刮进来。一个身穿格子外套的俊俏女孩上车了。她父亲目送着她离开,我隔着窗户看着他。这人怯生生地等着火车开动,然后,像大家通常都会做的那样,在最后时刻急匆匆地表达了下感情。女孩得过某种皮肤病,脸颊上有疤痕,否则还算是张伶俐的脸。她的腿和手都很好看。她父亲看上去气度不凡。

火车开动后她从自己的隔间出来去了卫生间,就在我身后。她穿着红色丝绸套装,过去的时候和我挨得很近。她的身材很好。很长时间过去了。我开始感到不自在,我不知道为什么。我开始对自己若无其事地坐在车厢后面感到不安起来。除了火车,周围寂静无声。终于我听到有人在撕纸,那声音吓了我一跳。我们从那些废弃的火车头旁边经过。这节车厢的更远处站着两个男人,其中一个穿着厚厚的法国空军蓝色制服。又撕了些纸。他们没有

---

[1] Nevers,勃艮第大区的一个市镇,法国著名的彩陶器产地,也以其中世纪建筑遗迹闻名,十二世纪的城墙至今依然保存完好。

注意我,绝对没有,但我突然害怕了。刹那间我有种极度痛苦的预感。她会干出吓人的事情来,突然发作,把屎擦到我脸上,羞辱我,尖叫着喊些我听不懂的话。当火车从更多的车头前经过时,空气中有爆炸声,我差点站起来要走了。那声音恐怖至极。

然后到了巴黎那个巨大、发黑的终点站,那座肮脏的大教堂,陈旧又衰朽,从那里穿出去就是灰色的商业街。我走出车站找了辆出租车,疲惫地瘫倒在后座上,虽然这才刚刚过了中午。我老想着克里斯蒂娜,晚些时候我们会开车去吃晚饭,她会告诉我伊莎贝尔丈夫的事,他经常过来找她寻求建议。现在他们很要好。两人时常开车在城里兜风闲聊,他会顺手指给她看他拥有的各种楼房。

"那些公寓房真是太棒了。"她说,不由自主地耸耸肩。她穿着昂贵的黑色连衣裙,露出的脖颈显得格外赤裸。

"那所房子不是他的,"比利说,"隔壁那个又小又窄的才是。"

"是隔壁的小房子,"她表示同意,"是的,没错。可他还给我看了很多别的。"

"好吧,他的话我可不会每句全信。"

"我不知道,"她说,"为什么不呢?"

"就是不想,"比利说,"你知道,我跟很多人聊过天。"

"他非常了不起,"她对我说,"相信我。对艺术很痴狂。"

她已经喝了很多酒,当然,这对她的肝脏不好。她知道,可她睡不着觉。接着她会开始遭受可怕的攻击,特别是因为她不睡觉。比利说这样才对：她应该好好休息。

我们来到诺亚餐厅，就在河边，一到那里就被欢乐的呼喊声包围住了。他们已经有好几个月没来过这里——这是他们结婚前经常来的地方。

"当时我们已经在一起睡了。"克里斯蒂娜说。

比利瞥了她一眼。

这是个小饭店，普通得像某个姑妈住的房子。楼上相对空旷些。他们把我们安排在靠窗位置。克里斯蒂娜坚持要喝香槟。

"今天晚上我很想喝。"

"当心，可人儿。"比利说。

她发出一声傻气的大笑。

"好吧，"他说，"记住，我可告诉你了。"

"知道了，亲爱的。"她说。

我可以看到外面那条黑黝黝的河，像被捣过的箔纸，还有惠特兰家那辆被孤单遗弃在街灯下的褐色奔驰轿车，车头朝里，没有与路沿完全平行。克里斯蒂娜是个画家，或者更准确地说，本来会成为画家，如果不是第一次婚姻的缘故。因为结婚，她把画画完全丢在一边。跟比利在一起情况又不同了。她又开始上各种班，可是……她叹了口气。

"别这样，"比利安慰她说，"你现在画的画比以往都好。你自己都亲口这样说过。"

"我不知道，它们太理智，"她说，"所有生命力都突然从中消失了。"

"没有，还不至于。"

"你不是画家，"她说，然后又望着我，"借下你的手绢。"

刹那间我担心她要哭了，可她只是擤了下鼻子。她直直地望着我。她的微笑总显得神秘莫测。

"告诉他，现在谁在你的班里。"比利说。

伊莎贝尔。她经常带着自己的卷毛狗光临，狗绳系在画架的一只腿上。她对自己作品的态度非常严肃，从不拿来开玩笑。

"她画得好吗？"我问。

"你不知道自己多有趣。"克里斯蒂娜说。她的肌肤在黑衣服的衬托下显得柔美光亮。她喝点酒好像就充满叛逆举动，而且来得自然而然。她眼睛又大又漂亮，睫毛淡淡的。"整个班上都没有会画的。嗯，只有一个。艾利克斯可能画得不错，但她不想画。你得心甘情愿放弃所有其他事情。"

"当然。"

"我说的是真的，"她告诉我，"你认识艾利克斯吗？"

"不认识吧。"

"她很特别，"克里斯蒂娜说，"你会喜欢她的。"

店主们跟我们一起坐下来，先是米歇尔，面带可爱的微笑走过来。她已经不年轻了，但正处于那种最后的也最自信的美丽状态，像某个同学的母亲。你会看到她从一辆车里出来，优雅的小腿令人眼前一亮，然后不由自主跌进无法承受的爱恋。

米歇尔带来一个意外的消息：她和查尔斯结婚了！在祝福和真诚的拥抱中，查尔斯羞怯地走进来，这又引发了新一波致意。他们打开更多的香槟，甚至拿出珍藏多年的卡尔瓦多斯[1]。后来他们一起表演了首短短的二重唱。很感人。这么多年她都是做他的情妇过来的，他们对彼此关系的态度非常开放，可是结婚倒惹得他们红了脸，讲了不少玩笑话。米歇尔的儿子大概有十五岁，跟一个朋友来到了楼上。大家围坐在一起互相交谈起来，除了我和这位朋友。对于让他们走到一起的过往，我们都很陌生。这位朋友抽着烟，我喝卡尔瓦多斯。

我们要出发的时候发生了一场争执，已经是当晚的第二次。第一次是克里斯蒂娜不想跟他下楼到车库取车。现在，他又想去跳舞。

"噢，上帝。"克里斯蒂娜说。

"上帝，怎么了？"他总是变得闷闷不乐。

"没人去跳舞。"克里斯蒂娜说。

最后我们去了个地下舞厅。比利很恼火，整个那段时间都百无聊赖。有个黑人女子用漂亮的法语唱了几首歌，她的亮片礼服闪着水晶鳞片般的光芒，就像个披着银皮的水中仙女。她的牙齿让人沉醉。她的微笑会击碎你的希望。比利无精打采地看着她。克里斯蒂娜靠在我的肩上，好像在表明我是比利唯一的朋友，唯

---

[1] Calvados，以苹果为原料制作的白兰地，是法国卡尔瓦多斯省的特产。

一让她喜欢的朋友。

"你应该当个画家,"她对我说,"你知道吗?"

"你这样认为?"

"嗯,我的意思是,我们在做着同样的事,难道不是?你和我。"

"根本不是。我任何东西都不改变。"

"你当然改变了!"她冲动地说。

"不,我不这样认为。无论如何,这没那么重要。我不可能成为画家。你应该当一个画家。"

她怪异地笑了。我不太敢解释。

"你讲得太对了。"她终于说。她注意到了比利,"宝贝儿,怎么了?"

"没什么。"他冷淡地回答道。

她放声大笑。

"我们去跳舞吧。"她说。

我们开车沿着拉斯帕伊大道行驶。那里什么地方有家夜总会,藏在一些寻常店面中间。具体位置在哪里他们说法不一,直到我们忽然从夜总会旁边开过去才搞清楚。比利猛然刹住车。他以令人生畏的技巧把车倒进一个停车位。克里斯蒂娜下车挽住了我的胳膊。她告诉我,这里是有钱的希腊船业大亨们经常光顾的地方。乐队从不停歇。

当然,克里斯蒂娜拒绝跳舞。我们只好看着别人跳,一个之前在吧台边坐着的时髦的日本女孩和一个胖得像个面点师的六十岁男人。他们合着节拍分开,脸向着侧面。然后又背对背跳起来。这个男子看上去古怪,但却很优雅。他的脚步敏捷得像只耗子。最后,他们演奏起克里斯蒂娜喜欢的曲子。我们轮流跟她跳了舞。

"奥纳西斯在那边的桌上坐着。"在舞池里她向我透露道。

"哪张?"

"角落里。"

"噢,"我盯着看过去,"他长什么样?"

"你应该见过照片,难道没有?"她说。

"见过,可我的意思是近距离……"

"他看着非常有钱。"她说。

"他戴有色眼镜吗?"

"你是说太阳镜?他们都戴。你永远不知道他们在想什么。"

"在想你,我猜。"

"我?"她说。

"我敢肯定他眼光不错。"

"我倒想什么时候能抓住这种机会。"

"你真想嫁个有钱人?"

"下次吧,"她说,"噢,不会长久的,可是他会很快乐。"

"他会快乐?"

"噢,是的。"她保证说。

她自有得意的时候。尽管如此,相信她的外表仍然是很危险的。人们经常会想当然地觉得这不过又是个私底下迫不及待的女人，但这正是她魅力的彰显，是性资源的暗示。比利经常说她多么漂亮。有时几乎像抗议：可她就是漂亮啊。她的确漂亮。他们的生活完全是为了展示这种漂亮而规划的。他们对待这种漂亮的态度就像拥有一幢精美的房子。

一个激情四射的高个子舞者出场了，黝黑得像个吉卜赛人。他身穿商务西服，头发很长，皮质的鞋后跟很高，独自跳的时候全身上下透着疯狂的夺目光彩，跟他同桌的朋友都微笑地看着。那个日本女孩能够看到他。那个胖男人能够听到他的脚步声。音乐不断加快节奏，一场例行比赛展开了。就像一场激情犯罪的开始，他们已经给可怜而肥胖的资产阶级缠紧裹尸布，当他们在两侧扭动身体的时候，火辣辣的目光开始相遇。可他不会死掉。他跳得像着了魔，脸色绯红，汗水闪闪发光，嘴角永远带着死者般凝固的微笑。这时已经向下咧开了。夜总会里一切都停下来。人人都在看表演。每时每刻我都以为会看到他像件旧大衣般瘫在地上。光是音乐都能要了他的命。他们疯狂地跳着。乐手们都疯了。

回家时我们迷路了。虽然他们在这个城市生活了五年，比利还是不知道我们在哪里。没有一个人可以打听。一到街角我们就放慢速度，试图从建筑的饰板上读取什么信息，然后又迅速开走，连轮胎都磨焦了。除了偶尔有辆车开过去，大街上空无一人。即便在大的交叉路口也是如此。我们兜了一个小时的圈子。克里斯蒂娜的头软软地靠在我的肩膀上。她睡着了。过了一会儿——我们第三次从某些店铺前经过时——她忽然唱起歌来。她的眼睛仍然闭着。含含糊糊的词句微弱无力地从她嘴里流出来。比利看了她一眼。他就像开车送我们去医院的司机。终于,当我们开进某个街区时,他认出方位来了。她挣扎着直起身子。我顿感失落,好像她抛弃了我,但是,接着,作为回报,她用那种确凿无疑的本能向我露出了最真实的微笑。我们从各种各样的画廊前经过。她看着窗外掠过的画廊。

"那儿,"她指着说,"总有一天我要在那里办画展。就在那个画廊里。"

这时我们都透过后窗看出去。

"那个吗?"

"巴黎最好的画廊。"

比利没理她。她开始整理头发,把后视镜转过来,这样就可以看到自己了。他没吭声。她开始轻轻地抚摸他的衣领。天空已经褪去漆黑。现在睡觉有点太晚了。

我的床在那个同时兼做书房的屋子里,距离楼梯不远。要走进别的房间,得从这个书房穿过。那些宽大的窗帘沉重得几乎撑不开,拉过来覆盖住所有的窗户。但是隐隐约约的光线已经映照出帘底的边沿。星期天早晨。我闭上眼睛等待着。也许我们会在中午一点钟左右开始吃早餐。然后我们可以做些有趣的事情。

13

下午晚些时候他们在街上等着。空气薄得像纸片。天气阴冷。安-玛丽的女朋友要来。当然，他非常好奇，尽管假装不是那么回事。他想看看这女孩长得什么样。他环顾四周，想远远地认出女孩来。她总算出现了，穿着件带个小皮领的外套，抱怨着冷天气。她是圣莱热一个杂货店老板的女儿，名叫丹妮尔。

在咖啡店，迪安无所事事地坐着，她们在用法语聊天。丹妮尔年纪好像更大些，更稳重点。她留着长发，松散地披下来，说话时老轻轻地摩挲着。迪安浏览着她的笔记本。学校写作业用的，页面是胶版纸，上面有淡蓝色的横线，干干净净的方程式、证明演算。很快他就察觉到她在看着自己。他合上笔记本。

他们在门口道别，女孩得赶火车。

"待会儿见。"迪安说。

"不对,"她唐突地纠正说,"待会儿你不会再见到我,今天不会了。应该说希望尽快见到你。"

"希望尽快见到你。"他说。

后来,安-玛丽问他喜不喜欢那女孩。迪安没有回答。

"她的头发挺漂亮。"他说。

"她母亲不让剪。"

"不让?"

他们默默坐着。他仍然很恼火。突然发现她还有另一种生活,还有别人想要见,这让他心神不宁。他要了杯葡萄酒。他问她是否想来一杯。她看起来很安静。

"不想,"她说,"谢谢。"

他们在车站附近吃了顿清淡的晚餐。那里的服务员都认识他们。冬天的晚上,没有多少人来。他们孤零零地坐在那个长长的照出影像的房间,低声说着话。一辆孤单的轿车从广场边上拐过去。她抚摸着他那只无所事事的手,不敢看他。接着,她开始上心地一只一只地摩挲起他的手指来。

在房间,她求他脱了她的衣服。他无精打采地照办了。天很冷。她匆匆忙忙上了床。

"要我在你身边躺会儿吗?"他终于开口了。

"你不用这样问我的。"

他快快地脱掉衣服,冷飕飕的被单贴到身上时浑身肌肉立刻紧缩起来。两人都安静地躺着,等身体暖和起来他们就可以互相抚摸。她举起手时胳膊发出了飒飒声。

"我喜欢你的头发。"她说。

迪安没搭腔。

"你喜欢吗?"

他耸了下肩膀。

"嗯……"他说。

"非常柔软,像海豹。"她说。

"海豹?"

"是的。漂亮的头发。"她喃喃道。她沉迷地玩味着这个说法。"漂亮的头发。"

这些喃喃细语征服了迪安。他在黑暗中掉过头面对着她。他们的嘴唇终于相遇。她气息微弱,有点发臭。这让他感到晕眩,很想吸口空气。门缝下面透进来亮光,让房间慢慢清晰起来。他能清楚地辨认出她,此刻她的脸庞显得很圣洁,苍白得像张纸。隔壁房间细细的人语声透过墙壁传来。除此之外就是绝对的寂静。再也听不到火炉或者钟表的声音以及偶尔开过去的卡车。他们已经进入自己的世界。她的手触碰着他的胸膛,开始用各种极尽煎熬的缓慢的手法往下滑落。在她的抚摸下,他像条狗一样安静地躺着,像一个白痴。

她十七岁的时候在孔特雷克塞维尔[1]被一个意大利服务员引

---

[1] Contrexéville,法国东北部一个市镇,疗养胜地。

诱失身。那是她第一个离家外出的夏天，一个人都不认识。她不想抗拒任何事。每天晚上她都出去跳舞，要么跟另外一个女孩，要么独自一人，她就是在舞场劣质的气味和闲聊中遇到他的。她喜欢他，可是夏天结束了，他走了。当然，在奥尔良，她很快就被人注意到了，有特鲁瓦的罗兰以及他那些来自圣莱热的朋友，停放在密林中的雪铁龙，还有做推销员的年轻的突尼斯人。迪安知道自己不是她的第一个。可是他也无意大惊小怪，至少对这件事不会，因为他自己就完全不是表面上看的那样。聪明，没错，可不知为何他对自己这样那样的天赋感到厌倦。他似乎已经把这些天赋抛在身后了。有时他不这么想，但他的学校生涯已经结束。那个聪明的数学家，那个对他来说一切都轻而易举的年轻人正在消失。他的存在变得模糊和陌生。他像个与世隔绝的孩子，现在满怀一个无政府主义者的绝对自信，正毫不犹豫地抛弃世俗的规矩和寻常的人生道路。

他母亲死了。是自杀的。她的婚姻对她来说太可怕了。她在其中发现自己是完全孤独的。最后那年她给她妹妹发了很多长电报，有时还摘引诗歌，比如斯温伯恩和布莱克的诗句。一天，一个春日，她烧了日记，走进康涅狄格河淹死了自己，像弗吉尼亚·伍尔夫或者马格利特夫人[1]那样。她被安葬在家乡波士顿。我仿佛

---

[1] Madame Magritte，比利时超现实主义画家雷尼·马格利特（René Magritte，1898—1967）的母亲，在他十三岁时投河自杀。

看到了那场葬礼。迪安六岁,妹妹三岁。当光泽闪烁的巨大棺材沉进地下时,他们站在那里既吃惊又听话。那里躺着那个溺亡的女人,曾经给予他们生命,现在又给了忧郁的榜样,以及永远伴随他们的嘱托。土块轰隆隆地砸在凹面的棺盖上,已经是半个孤儿,母亲死亡的承受者,虽然这死亡似乎还不是真的,他就这样开始了自己的人生。其中的大部分时间——你知道的,他总算还上过大学——是四处漫游。

如今,二十四岁了,他又来到选择的关头。我太了解那是怎么回事。后来我看了他的很多信件。他父亲用训练有素的漂亮手书给他写了很多信,那是天生抄写员的笔迹。很多信是如何面对人生的忠告,让他稍微认真地想想这个,想想那个。我差点要笑出来。那些话对他毫无意义。他已经踏上一场眼花缭乱的航程,那更像是一种疾病,已经开始变得更加遥远,更加具有传奇色彩。他的生活将充满各种大胆的冲动之举,致使他消失得无影无踪,然后你又会在都柏林和韦拉克鲁斯[1]听到他的消息。我不是在讲述有关迪安的真相,我是出于自己的弱点来创造他的,你可要始终记住这点。

不久,人生的第二阶段开始了:到了选择寥寥无几的时候。会出现各种不确定,对于过去经历的奇怪的恐惧。当然,最终,第三阶段来了,最后的阶段,你必须开始像竖起挡板一样把世界

---

[1] Veracruz,墨西哥韦拉克鲁斯州港口城市,濒墨西哥湾。

隔绝在外，因为那种能让人全盘考虑每件事情惊人多样性的力量已经荡然无存，而生命的形状——不过那时他已经躺在一个诗人的坟墓中——最终呈现出来，就像一粒即将落下的雨滴。

迪安还不太明白这一点。对他来说这没有什么特别的意义。毕竟，他不是那种不知足的人。她的乳房很硬。她的阴部湿淋淋的。在纯粹愉悦的驱动下，他动作优雅地和她做爱。他躬起身子去看着她，看着自己扎进去，睾丸在下面缩得生紧。神话已经将他拥入怀抱，种种景象令他难以置信，种种景象短暂得像梦境。汗水从他手臂上滚下来。他翻滚着跌进潮湿的爱的树叶中，像清新的空气一样升起。她身上的一切他无不爱恋。做完后，她安静地躺着，四肢无力，完全被掏空了。她已经彻底属于他了。他们像喝得酩酊大醉的人，光裸的四肢交缠着躺在一起。在寒冷的远处，钟声开始响起，弥漫在黑暗中，清晰得像是在唱赞美诗。

14

一月六日，星期六。天空无云，湛蓝，寒冷如冰，可是依然灼人眼目。阳光微弱得只能透过挡风玻璃才勉强感觉得到，顶多到这个程度。这是当年最冷的日子。在博纳附近他拐错了弯，然后看见树林边的那个人影，为时已晚。一个身穿制服的人漫不经心地向他挥手示意停住，现在已经是两个人：警官。迪安越过了路中间的实线。情况非常严重。在法国，执法人员不会轻易通融。你不能行为失范。他们慢慢走到车前。俩人长着猎人的脸，冷静而机敏。他们要看他的证件。他的法语立刻崩溃了，碎片般冒出几个笨拙的词。他结结巴巴，只能吃力地回答些问题。警察很有耐心。他们似乎只盯着他的嘴巴看，好像尽管他这样，他们仍然能理解他的意思。他们连看都没看安-玛丽一眼，在迪安挣扎着撒谎的时候，她像个女佣般安坐不动。这场煎熬好像不会终止。

最后，他们打着手势，送上一句警告，放了他。迪安谢过警察。

他知道自己刚才就像个傻瓜。她的沉默以及脸上的表情甚至让这点变得更加清楚。他的举止像个吓坏了的男孩。更糟糕的是，他居然找不到合适的说辞来应对。

"应该庆幸我的法语讲得没有那么好。"他说，挤出一声笑。

"是啊。"她说。

去第戎的路上，她对他有些冷淡。他们在始终未曾打断的沉默中行驶着，冷气透到身上。这股冷气弄得一整天都很沮丧，包括人、物体乃至日光。他在克罗驰酒店前停住车。

"这家酒店怎么样？"

她没有回答。

房门打开的刹那，她的态度忽然变了。

"噢！"她大喊道。"真漂亮！"

迪安有些怀疑。这里摩登得近乎荒唐。他们走过的廊道都建得很高大，光线略显阴暗，而眼前这间屋子：新家具色彩耀眼，没有任何装饰。地板刮擦过了，还抛了光。黄色壁纸上印着几百个小彩球。迪安怀疑她是在讽刺挖苦，但并非如此，她已经开始愉快地打开行李。她朝里看了看卫生间，感觉太完美了。迪安有些烦恼，一波惶恐不安的感觉袭来。这个下午开始显得有些不祥。一种空虚感他忽然不知该如何填充。

"我们要出去吗？"她问道。

"老天，外面冷得刺骨。"

"什么?"

"太冷了,"迪安说,"你想去哪里?"

她耸了下肩。想去逛商店。

"冷得像要结冰了。"他说。

"没有。"她抱怨道。

不管天冷不冷,街上都很拥挤。他们逛到六点钟,不时朝橱窗里面张望,然后在一家不错的商店前站了很长时间欣赏一件黑色套头衫。他忽然决定给她买下来。他们走进商店。售价四十法郎。比他想的要贵。女售货员等着,面无表情。好像大家都在听着。套头衫软弱无力地躺在那里,领口里面有块漂亮的标签闪着微光。四十法郎。他最终还是点头同意了。

"没问题。"他说。那样子就像扔掉了船桨。

后来他们继续往前迈的时候,她挽着他的胳膊,他能从冷冽的玻璃中看到他们的影子。他们就像一对打工的夫妇。他瘦削,结实,没有戴领带。已经是黄昏时分。他想象自己看着就像个拳击手。

酒店房间微弱的热气让他缓过劲儿来。她开始像室友般脱光衣服爬到床上。迪安也开始脱。他脱掉鞋子,慢慢解开衬衣纽扣,带着运动员的那种沉着自信。

天几乎黑了。她的胳膊被抓住压在身子底下。他感觉她有些犹豫,然后投降了。黄昏中,她那不顾一切的痉挛让他心里充满了最深刻彻底的快感。

他们在米什莱大街上吃了晚饭，饭店充满了碟盘柔和的碰撞声，这顿晚饭吃得很漫长，简直就像他们在沉默中开心又满足地吃饭的往事再现。他们抬起头看到各自在互致微笑。最后他们吃得昏昏欲睡。肚子里塞满了奶酪，艾帕歇丝奶酪[1]，西多[2]，那个以美食闻名的地区的特产。

她还是不满足。她不会放过他的。她脱了衣服呼唤着他。那天晚上做了一次，第二天早上做了两次，他都配合了。两次间歇，在黑暗中清醒地躺着的时候，第戎的亮光隐隐约约出现在天花板上，大街寂静无声。夜里冷得刺骨。成片的雨席卷而过。沉甸甸的雨滴在窗外的阴沟里回响，不过他们待在鸽子窝里，他们就像屋檐下的鸽子。大雨在他们四周下个不停。他们躺在那里，藏在深深的羽毛中，轻柔地呼吸着。精液在她体内缓缓流溢，从两腿间渗出来。

葡萄酒喝得他口渴难耐。早上三点多他起来找水喝。她昏昏沉沉地转过脑袋，也要了些水。她支起胳膊肘喝着。他用手扶着她的脊背。后来他稍微打开些窗户。雨持续不断地下着，坚硬得像钉子。他能听到雨落在第戎的屋顶上，游移着，然后又换了个不同的方向移动，横扫过大道，落在漆黑的街上。他想亲她的膝窝。最后，他又睡着了。

---

[1] Époisses，勃艮第最知名的奶酪，表面呈橙色，质地柔软。
[2] Citeaux，最早是由西多修道院的僧侣制造的，据说拿破仑很喜欢这种奶酪。

就我所知，他永远不会醒来，不会从这场梦中醒来。他已经陷得太深，已经触到最低点，动弹不了。在早晨清澈圣洁的日光中，他像个慈爱的父亲，把她拉到自己身边，又把枕头拉下来。

15

  她是历经艰难才被怀上的——我不知道这是否有什么重要意义——然后于一九四四年秋天出生，战争的最后一个秋天。那时她父亲已经出走两个月。她母亲——我应该永远不会见到——生活始终穷愁潦倒，虽然最终又嫁了人。有年冬天她的孩子生病了，那是一个压抑的冬天。她一个人熬了过去。饭店的灯都亮了。商务咖啡店黯淡、蒸汽弥漫的窗户后面，生意人在交谈着。舞厅招牌上褪色的霓虹灯字母照亮一个窄窄的庭院——她在黑暗的夜色中从医院回家经过那里时，可以看到人们成双成对走进去。她手指和双脚冰凉。她的人生无计可施，犹如一次已经无法撤销的罪行。

  我不知道该怎么去想象这位母亲，这位从不抱怨、我很可能会喜欢的母亲。我想象她有点质朴，喜欢唠叨。我甚至都说不上她出生在什么地方，在梅茨吧，我想，那里与图勒和凡尔登并列为三大古老的主教管辖区。说在梅茨并没什么理由，但你总得把它定位在某个地方。

她父亲爱德华曾经是个花花公子，虽然年纪大了之后变得矮胖起来。他出生在比利时。安-玛丽时不时会去看他。他（比她母亲大很多）跟一位来自巴黎北部的年轻妻子安享着晚年幸福的生活。妻子找了份活儿干，因为他已经不大能工作了。但他有些生意上的投资，他们还能过活。他把自己的钱看得很紧，甚至比大部分法国人都还上心，这本身就很不简单。他们生了个小男孩，已经有十一岁了。令人惊讶的是她和母亲想到这个恶棍时都满怀柔情。甚至到了这个地步，他和妻子去斯堪的纳维亚度假时，安-玛丽的母亲居然还照料过小男孩几个星期。当然是有偿的，但这事仍然显得很不寻常。至于她现在的丈夫，我完全一无所知。是他把她母亲从孤独中拯救出来，情况就是这样。

有张她和父亲以及弟弟的照片，三个人正对着相机。她十六岁，可是显得要更年轻。他们身后好像是火车站，巨大的窗户，墙面非常醒目。那是很多普普通通的抓拍快照中的一张，展示的是最平凡不过的日常生活。那张是在阳光下拍的。他们的脸都白得刺目，眼睛眯着。唯一不同寻常的是她的模样，让人想拿照片仔细看看她在那个年纪已经出落成什么样，她的脸上是不是已经有些特别之处……她把照片放在壁柜里，支起来摆着，这样只要打开柜门就能看到。照片后面是个小纸盒，里头有她存的两三百法郎。迪安知道那里有笔钱，他看到过她往里面放钱。她把自己的一部分工资寄给母亲，可是那叠薄薄的钞票放在那里，相当于几个月的房租，说来还是很感人的。在我看来它放在那里似乎是背叛的动机，但是，当然了，事实恰恰相反。即便如此，它竟然就这么放着，并未多加隐藏，这也很不寻常。她对钱向来是很当回事的，不会拿来开玩笑。跟迪安在一起的时候她从不花钱。也许会买张邮票，顶多如此。她从来没有给他买过任何形式的礼物，至少我没听说过。她身上总是萦绕着一股穷酸气，但我敢肯定，假如迪安开口，他就能拿到那两百法郎。我很害怕他真的能够。看起来她准备好要献出更多——这个念头困扰着我——我想提醒她注意，就像一个傻瓜迫不及待地想把自己生活中所有乏味的事情都讲给她听。另一方面，我知道他是绝对不可能接受那笔钱的。但或许他会这样做，没有任何不安，好像他有资格这样做，正如对她这个人，对她的思想，对她的每个梦那样。我觉得这两件事中必有一件是真的，但我确定不了是哪件。那笔钱让我心神不宁。那个茶色小盒子大小可能刚好放进一块腕表，那张照片靠着盒子——我好像能透过石墙真真切切地看到。物体都有自己的形状、重量、颜色，除此之外还有一个空间维度，对此倒没有标尺可以测量，另外物体还有其意义。她的房间，她的生活，关于后者我其实所知甚少，这些都配备着逐渐变得超现实的东西。我看到哪里，它们就会出现在哪里。它们窃取了其实就在我身边的东西的身份。这里有她的钟表，带着发光的指针，走得有点慢，她在奥尔良时的表，也许是在孔特雷克塞维尔时候的，闹铃会提前响，声音非常尖锐。不对，在那里，另一个女孩会闹醒她。夏天的早晨，她很晚才出去，而且总觉得还想睡。地板上她的鞋扔得七倒八歪，衣裙扔在椅子上……这里有她的洗脸毛巾，缝成手套的形状。有她的化妆品。她的梳子。藏着她存款的那只盒子。噢，安－玛丽，你的生活如此纯粹。你那穷苦的童年，来自圣莱热的男孩们的明信片，你的继父，你的绝望。没有什么能打动你，没有神示，没有罪恶。你像一个伤心的故事，像街上的树叶。你像一首歌一样不断重唱。

迪安几乎每天晚上都去见她。有时他们懒得吃东西。一只橘子。一杯茶。他们在寒冷中开车兜风。到了房间她就脱掉他的衣服，把他放在床上。他像个大孩子般百依百顺。她会倒上杯葡萄酒放到他跟前。然后，她慢悠悠地，好像只有自己一个人，脱掉衣服，穿上睡袍。她去洗脸。开始梳头发。衣服紧贴着身体。迪安能辨认出她臀部的轮廓，圆润的屁股。她想要个带地毯和镜子的房间，她告诉他。迪安沉默不语。她从睡袍里滑出来，赤裸裸地站在镜子前。她看着自己，又补充了句，还要有张大床。迪安只是听着。他的眼睛在物体和映象之间慢慢飘移着。她转过身看看他是不是还醒着。

"菲利普？"

没有回答。她走到床跟前。他在黑暗中默默地举起手想拥抱她，想把她拉下来。

"假装睡着了,"她说,"你真是个淘气的孩子。"

"没有。"

他已经把她扳过来,想好好看看她,那苍白的面颊坚实得像小腿肚子。他抚摸着她,手溜进她的大腿中间。

"很滋润。"他说。

"怎么?"

"我爱你。"他说。

他们侧身躺着。钟表嘀嗒作响。火炉的金属像玻璃般发出爆裂的声音。楼下的科西嘉人在说话。他们热情豪迈的声音透过楼梯井传上来。临街大门已经关闭。

"等会儿。"他轻声说。

她已经在他上面了。

"我什么都没带。"

"没关系。"她说。

"确定吗?"

她开始用力折腾。他极度煎熬。

"安-玛丽?"

"是的!"她坚持。他半推半就。

开始动作很慢,他的双手放在她的腰上。他好像快要爬上人生的顶峰了。

16

有关法国昔日那些挥之不去的景象，像块用之不竭的石头的琢面般反复映现。我穿过那幢寂静的屋子，高高的房间因为冬日的阳光而显得安安静静。家具以及窗户被阳光照得纵横交错。宁静的品质无处不在。这种宁静不是某个单独的细部奉献出来的。它的存在犹如一张戴着面纱的脸。

各种小镇的景象。桑斯。那个著名的教堂跟坎特伯雷大教堂的宏伟交相辉映，从结了冰的河边拔地而起，俯瞰着宁静的大街。人们老远就能看到，圣艾蒂安：几个世纪的时光漂白了它的石料，变得像白垩，很多圣像的头都丢失了，但好像仍然老远就在警示游人上帝的存在。作为全法国哥特建筑大家族里兴建最早的教堂之一，它就像一个白色神话般久远。店铺、电影院和饭店已经在四周发展起来，但它依然难以触及。在正午的太阳下，典型的勃艮第式屋檐光泽闪烁，奇怪的图案像由蛇皮组成，编成一列列宝石的形状，有黑色、绿色、赭色和红色。阳光如水般泼洒其上，那种灿烂好像要蔓延开来。

桑斯。他们已经睡着了。午后稍早些时候，迪安先醒来。他解开她的长筒袜慢慢褪去。接着是裙子，然后是内裤。她睁开眼睛。为了让她的赤裸感更强烈，他留着吊袜带没动。他把头靠在那里。过了会儿他又找到个更舒适的姿势，躺在她的两腿之间，把她的盆骨当成枕头，膝盖也触手可及。他听着来来往往的车辆。他稍微转了下脑袋，想看看她睡着了没有。她正安静地朝下看着他，他的耳朵下面已经湿了。

他有钱了。一切都不一样了。他现在有将近九百法郎崭新的票子，是卖掉自己的返程航班机票得来的。点钞的美好感觉让他一阵虚弱。他没有把钞票对折起来。他把它们展开，每十法郎分成硬硬的一小叠，用夹子在角上固定住。有了这笔钱在手，他突然会讲这门语言了。他可以看清自己，他可以考虑很多事情。这些钱很重要，这些取之不尽的十法郎一叠的钞票。它们是创造力的本质，它们是他生活的保障。

他们到饭店早了些。餐桌都还空着，只有领班站在那里。他们被领着经过一个壁炉，一根巨大的圆木慢慢燃烧着，火苗还没有人的手掌大。在一张宽敞的桌子上，大块的火腿露出丰美的内部，还有一盘盘炖鱼、蘑菇和装饰的水果。他们面对面在一个隔间落座。她抚摸着下巴上一个水疱。

"我们要来份套餐吗？"她问道。

"我不知道。"他说，正读着报纸。

她不停地摸着水疱。

"别摸了。"

她听话了。

旁边隔间来了三个优雅的客人：一个男子满头银发，衣冠楚楚，出身良好，另外两个女人可能是他妻子和母亲。迪安可以看到她脑后的这几个人。他们接过菜单。领班在跟他们说着什么。他们微笑着。他又低头看着。

"你很饿吗？"

"哦，是的。"

"这可是份大餐，"他的头仍然低着，"我觉得你根本吃不完。"

"噢，我饿了。"她恳求道。

"好吧。"

在她背后，那几个人说着响亮的法语热情地聊着天，他一个词也听不清。他瞥了他们很长时间，简直太长了，却没能让他们收敛些。他感觉自己有点愠怒起来。她转过身想看看他在看什么，迪安忽然充满了耻辱感。她开始在桌子底下做点小动作，去剔指甲上残留的甲油。

"拜托。"他说。

她抬头看着他。在一些可怕的瞬间，人们会拿冰冷的眼神看自己的爱人。她的脸蛋像女售货员的脸，迪安看得清清楚楚，漂亮但很廉价。他彻底失去耐心，只想离开这里。不知为什么，那三个人弄得他有点像个失足青年。安－玛丽什么都没说，她能闻到他的怒火。她的双手藏在上衣的下摆里。

他们吃得慢条斯理，找不到什么话可说。这顿饭太丰盛。她已经没有胃口，吃不完了，这让他更加恼火。他吃了她的甜点。她一言不发坐着，脸色苍白得像个女学生。

"你就不该点这么多。"他说。

她站起来，摘掉穿过耳垂挂着的耳环，好像要准备上床的样子。

"我就知道你吃不了。"他说。

后来他们在镇子附近走了会儿。万籁俱寂。她似乎心事重重。到那个大教堂跟前时，她落在后面，走得很慢。

"怎么了？"

她的声音非常虚弱。

"没什么。"

他等着她。

"不舒服吗？"他执意问。

她的眼泪都快要出来了。她勉强摇了摇头，然后站住，突然，在赫然耸现的教堂正厅旁边，把吃的东西全都呕吐在脚边了，蛙腿和牡蛎溅洒在石头上。她干呕着，气喘吁吁地吸着空气。迪安扶住她，打量了下四周，看到没人观望时才松了口气。

"你感觉怎么样？要坐下来吗？"

她只是精疲力竭地喘着气。

"你的手绢。"她虚弱地恳求道。

他取出手绢。她拿到嘴边,然后擦拭了下嘴角。她想挤出点笑容。她还担心着自己的鞋,可能被弄脏了。她靠在他身上,提起脚,看完一只又看另一只。

"都没事,"他告诉她,"你想喝杯茶吗?"

"不了。谢谢。"

"我想茶会对你有好处。"

"不了。"她喘着气说。

她很难为情,却也得到净化,煞白的脸失去了严峻感,在黑暗的大街上内疚地紧紧抓着他的胳膊。

第二天早上她恢复过来了。他硬了。她把它抓在手里。他们总是裸睡,肉体单纯又温暖。最后她被横放在枕头上,这是她不发一言接受的仪式。半个小时后他们终于瘫倒,筋疲力尽,然后叫来早餐。她不仅吃光了自己的面包卷,还把他的一个也吃了。

下午他们去看了部劳莱和哈台[1]的电影,三十年前的老古董。影院是个密室。座位像撕破的杂志。后来他们沿着河边散步。河水灰灰的,好像流不动。她走到岸边捡了些香蒲打算在自己房间用。迪安在小路上等着。他看见她挑选了几株,然后拿起来捧在怀里。她要是怀孕了怎么办,他琢磨着。乌云沉甸甸的,底层暗

---

[1] Laurel and Hardy,美国早期滑稽电影中最受欢迎的一对搭档演员。

得像铅。这个念头悄然而至,却在心底扎下了根。他不敢大声说出来。突然,他确定自己不想娶她。可是,如果她怀上孩子他该怎么办呢?他不能一走了之。他双脚冰冷,感觉脸颊很干。午后的冷气好像钻进了他的灵魂。她在下面的水边继续往前走着。迪安在上面慢慢跟随,琢磨着如何才能把这件事了结。

17

此刻,在这苍白的午后,小车驶过林荫道两边光秃秃的树木,一路上闪闪发光。路上几乎没有车辆,小镇像是被遗弃了。他转到马扎格兰大道上拐了个弯,最后打住,在乔布夫妇家外面,跟围墙保持某种微微倾斜的角度,漫不经心地把车停在那里。

迪安开始了每周三次的家庭辅导。这个想法突如其来,不过肯定已经在乔布夫人的脑子里闪烁了有一段时间了。她问我对这事有何想法时我吃了一惊。我都没机会调整表情。

"家庭教师?"我说。"教什么?"

"自然只有英语了。"

"噢,"我说,"我不知道,如果他感兴趣,就可能会同意。"

"他多文雅啊。"她说了个理由。她瘦得像只雪貂。

"你不妨试试。"

"你觉得可以?"

"噢,是啊,干吗不呢?"

她尽量想掩饰自己的喜悦。这让我很恼火。

他完全是她中意的那种年轻学生,才华横溢又干干净净。她的几个孩子都很喜欢他。他做了套卡片,一面是幅画,背面是对应的那个单词。不用说他的画很巧妙。画上的轿车就是他自己的,外面停着的那辆,只是显得更长些,稍微有点不匀称。他画的鸡看着像克劳黛·皮考特。

他的生活开始有种十九世纪的古风。八点或者八点半起床然后喝咖啡。接着开始读早上的报纸来强化自己的法语词汇。这些天头条新闻下面都画了线,头版充斥着那个可怕的独立事件的消息片段,阿尔及利亚正处在最后的煎熬中。很多法国人仍然坚持认为还有胜利的可能,这是主流民意。战争是道德力量的领域。他们就像寡妇,抛弃的房客,烈士,疯子。在最后的疯狂中,各种绝望的阴谋出现了。暴力变得很荒诞。市民们,有些人翻领上带着装饰,在街上被机关枪扫射。杀手其实是些孩子。他们为自己的行为感到恶心,他们坐在路缘石上不停地哭泣。

晚上,他午夜前就回家,几乎从不跟她过夜。她的床很小,而且我觉得他认为还是离开更好。另外,周末的时候他们住遍了每家老旅馆,拉下百叶窗,从里面闩上门。

他拿到首笔报酬后得意洋洋,他们去了趟阿瓦隆。拿破仑曾在那儿的旅馆住过。那里散发着他荣耀的气息,门厅过道里张贴着几次战役的画片,有利沃利,耶拿,马穆鲁克骑兵[1]。前台女孩镶了颗金牙,微笑时金光灿灿。

他们在餐厅坐下,安静地看菜单,首先看的是价格。她在楼上已经换了衣服,套装里面什么都没穿。迪安知道。他看菜单的时候思绪总是回到这上头。在他脑子里,她的身体以及它的某些部位好像变得发光透亮。他触摸或者看到的一切,包括叉子、桌布,那么家常朴素,那么不动声色,好像都在赞美她的肉体,只有薄薄一层布掩盖着的肉体,甚至都没有掩盖,大胆宣告的肉体。她美美地吃了顿大餐,甚至喝了点儿葡萄酒。迪安透过手中的空玻璃杯看着她。一个灿烂又不规则的世界呈现出来。枝形吊灯像星星般闪耀。她的脸游离出去,柔软的头发上像戴了顶桂冠。

"今天晚上我们拍电影。"她说。

他迷迷糊糊地想搞清这句话可能是什么意思。她坐在餐桌对面,笑盈盈地看着他。两人的餐巾皱巴巴地扔在旁边。

在那些只剩下服务员的餐厅和咖啡店里,我经常对着空盘子思忖,梦想着有没有可能通过什么事件的重新安排,通过什么意外,她会成为我的?……我望着镜子。头发逐渐稀薄,脸上布满皱纹,几乎像皮肤上的刻痕,这些东西刻画出我的表情。胳膊还算结实。我在虚构着这一切。长着双聪明又懒惰的男人的眼睛,

---

[1] 分别指拿破仑·波拿巴大败奥地利军队的利沃利战役,击败普鲁士的耶拿-奥厄施泰特战役,以及远征埃及击溃马穆鲁克骑兵的金字塔大战。

一个情欲旺盛的男人……

她脱掉外衣。漂亮的乳房照亮了房间。她从裙子中走出来。除了她你对任何东西都不会垂涎，那个百依百顺的她，随时准备听命。我是通过时不时看上几眼来发现她的，在夜总会对面疲惫地看了几眼。我只能默默地、偷偷地确认是她，现在所有那些情景像只铁环般钳固在我的意识周围。那对无上至美的乳房从衣服中解放出来。她喜欢赤身裸体。她喜欢沐浴在灯光中，她已经被光浸透。

伟大的情人们都在地狱里躺着，那位诗人说。即便现在，过了很长时间，我都无法消除那些情景。它们仍然像瘾君子对毒品的渴望般滞留在我内心。只需听到某些词语，看到某些姿势，我的思绪就会翻腾。我蔑视自己老对她念念不忘。即便她死了，我也会想念。她的存在让我的人生暗无天日。

孤独。人们本能地知道它有许多好处，肯定要比其他状态更能让人有深深的满足感，但独处并不容易。另外，你怎么能区别哪些状态是有价值的，它们尽管可恶却给我们以力量，或者推动我们去投入伟大的事业，而另一些状态我们最好摆脱远离。哪些是珍贵的，哪些不是？为什么一个人独处很难幸福？为什么不可能呢？为什么，只要闲下来的时候，有时甚至是在空闲之前，还在做某事的过程当中，我就会慢慢地但不可避免地屈从于它们的作用力？

寂静。我聆听着，那个让我晕眩的房间里的寂静。那些冷静的说辞,当她此刻光着脚,从容不迫地在黑暗中穿过房间向他走去时,她很清楚地知道如何应对。

我探究得不够深入,仅此而已。在孤独状态中你必须要深入,必须要坚韧。冷冰冰的开端是最糟糕的了。你必须要走过这一切。你必须要一路向前,经受痛苦的煎熬,体验正义的感情,像去朝拜一座圣城般朝它前进,体会真正的欢乐。我试图召唤它,让它重现。我深信它就在那里,可是它却不会轻易出现。当然不会。你必然会动摇。你必然会挣扎。信仰意味着切开我们的皮肉见到骨头。

"流了很多。"她说。

她被这东西弄得亮闪闪的。她的大腿内侧都湿了。

"再来次需要多长时间?"她问道。

迪安试着想了想。他回忆着生物学知识。

"两到三天。"他猜测。

"不,不对!"她大声说。她不是这个意思。

她又把他弄硬了。没过几分钟他就把她翻过来,把它放进去,就好像中场休息结束了一样。这次她简直疯了。那张大床开始吱吱呀呀响起来。她的呼吸越来越急促。迪安得双手撑住墙壁。他的两只膝盖从外侧箍住她的两条腿,往里插得更深。

"噢,这样最舒服了。"她喘着气说。

他到高潮的时候,两人同时瘫了下去。他们像沙子般散掉了。他从卫生间回来,从地板上捡起被子。她没有动,仍然保持刚才倒下的姿势躺着。

第二天他们总是开车去某个地方。他们很晚起来然后计划行程。这是最初的几个风和日丽的周末，外面天气晴好。他们把东西放到车里：她的小塑料行李箱，收音机，一本《ELLE》杂志。她钻进车，砰地关上门。

"你非得这样吗？"他说。

"对不起。"

"这样关说不定哪次车门就会从这破车上直接掉下来。"

"真对不起。"她又说了遍。

"没关系。"他说，而且真的不再计较。那天早上她来月经了。一切都很美好。

他们穿过一道树的长廊离开小镇。乡村铺展开来迎接他们。一块块温暖的阳光从他们膝上飘过。马达深沉的轰鸣声从他们下面涌出。他们聊着她的朋友们，比如父母开杂货店的丹妮尔。还有多米尼克，她要跟一家德国人生活六个月。她很喜欢这样，比在法国好。安－玛丽自己也挺想去那里。意大利怎么样？噢，当然不错，意大利。也许他们可以一块儿去意大利，她忽然提议。夏天就去。他们可以开车去。

"一定。"他说。听上去含糊又遥远。

过了会儿她开始在座位上蠕动。

"噢，菲利普，"她说，"我的卫生棉条不太对劲。你得在索利厄停一下。"

"行啊。"

"远吗?"

"不是很远。"他说。

她发出一声轻微的沮丧的唏嘘。这个真的太像她了。他很喜欢这点。有时她会走进林子去撒尿。

18

  日光在一天天慢慢变化,从小镇数不清的沧桑外表上反映出来。镇子开始呈现新的质地,一种意味着这个季节即将死亡的明亮。冬天的几个月开始渐渐萎靡。它们准备好要被推翻了。大街上,你可以感觉到这种结束在逼近。天空越来越明媚,已经焕然一新。过去就像冰块般逐渐融化。

  她打扮的时候,迪安坐着等待。外面阳光还很明亮。人们下班后在漫步,舒服地享受着夜幕到来前即将结束的白昼。他浏览着一本廉价杂志,她正在做最后的描画。她的脸贴到镜子跟前。

  "知道吗,你不该看这种垃圾。"他说,同时快速地翻着书页。

  她回头看了看,接着继续望着镜子。

  "只是些故事而已。"她说。

  "这些东西太可怕了,你想从中看到什么?"

她一耸肩。他把杂志扔到一边。

"我应该多读些书。"她说,好像在对镜子里的自己说话。

"这就对了,应该这样。"

"我喜欢蒙泰朗[1],"她说,"还有普鲁斯特。"

"你没有读过普鲁斯特。"

"当然读过。"她说。

"真的?"

她转过来问道:

"你觉得我现在怎么样?"

"口红太厚了。"他说。

她在镜子前这样那样地转着脑袋,斟酌自己的模样。

"我觉得挺好。"她说。

"不,不好。"

"就是好。"她坚持说。不过她还是擦掉了嘴角的一点口红。

迪安坐在床上,脑袋往后靠着墙。他环视着整个房间。一切看上去很普通,一切看上去很穷酸。有时他为她的缺憾感到沮丧。也许那些缺点无关紧要,可它们往往变得如此真实,仿佛随时准备控制住她,这些显而易见的特质被一种语言和生活的光辉掩饰住了,他才刚刚开始懂得这种语言和生活的滋味。他等着她快穿上外套。她躲避着他的目光。他们默默地下楼来到街上。他一直

---

[1] Henry de Montherlant(1895—1972),法国散文家、小说家、戏剧家。

在等着她说点什么。

"我们去商店吧?"

迪安没有回答,只是看着她。

"去吧。"她坚持说。

白天快结束的这个时刻天气很冷。她两颊冻得通红,像个淘气鬼的脸蛋。耳垂上的那条小缝儿像下层人的标志。他们步行到镇子中心地带。她已经挽上了他的胳膊。他好像没注意到。他的脸色变得铁青。

"你在生我的气吗?"她问道。

他耸耸肩。他们继续无精打采地向前走着。她脸上已经流露出不再被信任的人才会有的那种无助表情。

"菲利普,你生气了吗?"她又说了遍。

"没有。"

店里只有女人,母亲、女儿和妻子们。店主在货物的传递中来回活动着。她同时照应着两个或者三个顾客。她从各种货架上拿盒子,然后打开来放在柜台上。迪安很不自在。他像个幽灵般靠墙站着。他摆出兴味索然的姿态,但是,虽然人们进来时会瞥他几眼,好像却没人对他感兴趣。

"菲利普。"她叫道。

他立刻茫然地抬起头。她已经走到店铺后面。

"菲利普,"她又叫了声,"过来。"

她从一个小隔间里点头示意。

他开始往后面走去。一个顾客抬头看了他一眼。他有些尴尬，好像行动过程忽然表明了它的全部复杂性，一切都得服从指令。他像木偶似的走过去。布帘被拉到一边。那里，她站在一面巨大的镜子旁边，身体裸露到腰部。

"你得帮帮我。"她平静地说。

她把胳膊钻进胸罩，把后背转给他，让他把它系上。他什么话都没说就照办了，带着仆人般的超然冷静，可是当他看着镜子里的她在打量她自己，微微转转身子，然后缩紧肩膀脱掉胸罩时，他又开始勃起了。

"你得帮我挑一挑，"她说，停顿了下，又说，"菲利普。"

"嗯。"

"你得帮帮我。"

他看着她。她的裸体刺激着他。不管怎样他都记不住这裸体。那好像是在一系列闪电般的顿悟中呈现给他的。她又试穿了一件别的，把乳房调整舒适，搭扣也是他系的。

"你喜欢这件吗？"她问道。

"我更喜欢另外那件。"他说。这是他开口说的第一句话。她没有流露出任何得意的迹象。

"这件吗？"

"是的。"

她脱掉又试了试刚才那件。

"嗯，"她表示同意，"这件最好。"

她抬起胳膊让他抚摸。过了会儿，她脱掉胸罩，看着镜子，这时他已经把她的乳头摸硬了。有人开始朝店铺后面走来。迪安打算要离开，可她却胳膊紧贴体侧拦住他。他们听到另外那个隔间的帘子被撩开，让一个年轻女孩和母亲走进去。迪安在镜子里看到一丝微笑。

他们出去后在车站附近吃了晚饭。天空亮得有些不自然。傍晚时分一场巨大的暴风雨开始酝酿。空气很活跃。巨大的乌云暗沉如海，横穿过托莱多蓝色的可怕天宇。行人开始消失得无影无踪。镇上的那些开阔地、人行道、广场，空荡得令人惊悚。一只猫犹豫了一下，然后匆匆穿过大街。

大雨倒灌下来的时候，他们还在人行道对面吃饭抽烟。迪安特别兴奋。他的整个状态都变了。巨大的雨带从黑洞洞的空中穿过来，拍打着他那辆车的顶篷。

"这难道不美吗？"他大叫。

他趴在桌上，看着外面。

"瞧你，"她说，"你现在开心了吗，海豹？有水了。"

他点点头，为自己的表现感到难为情，太孩子气了。这是春天的第一场暴雨。这场雨让人开始考虑某些将来的东西。她的雀斑——她不认识这个单词——又会长出来，她说。不是每个地方都这样，只有这里会，她绕着眼睛和鼻子画了个圈。

"噢，"他说，"你会像一头浣熊。"

"一头什么？"

"浣熊。一头浣熊，"他说，"你不知道那是什么东西吗？是种动物。"

"哦，是吗？"她茫然地说。

他忽然放声大笑，实在忍不住。他本想告诉她：它非常漂亮，可是没说出口。她也大笑起来。他在一张纸片上给她画了一只。先画出两只脚，可看着实在太滑稽了。他简直笑瘫过去。

"这是只耗子啊。"她说。

"不，不是的。"

然而他就是没办法不让它变成耗子。耳朵，甚至尾巴，都像耗子。鼻子长得很尖。

"就是耗子。"她说。

他们只要看眼对方就会大笑。

回到房间，她开始试穿新买的内衣。她脱掉身上的衣服，穿上短裤和刚买的胸罩，然后冲着他搔首弄姿，笑个不停，最后扑倒在床上。他们并排躺在安静的黑暗中。他把她的手放在自己那上面。她冰凉的手指犹豫了下，接着心领神会。她比以前更加顺从听话。他更加用心。愤怒洗涤后留给他们的是更多的开心，好像做了一次修剪。此后，负累减轻了好多——他们朝着亮灿灿的光明走去。

过了很长时间。她把头依偎在他的胸膛上。她开始亲吻他的腹部。她动作的力度暴露了自己的秘密。忽然他很清楚她想要怎样。他把她拉起来，开始使劲吻她的嘴。他感觉到那张嘴在自己上方准备妥当。她又往下移动。她的身体蜷曲在他的大腿中间。她温柔地探索着他。她终于开始了。迪安摩挲着她的脸颊。他的手指在她的嘴唇周围游移着，摸索着轮廓。她停下来，像是为了换口气，然后又做起来，更能适应了。他轻轻地顶了顶。他感觉自己就快到了。太美妙了，紧紧咬着喷涌而出。她不动了，然后微微往后缩了点，最后才完全离开迪安。一个庄严时刻出现了。她看着最后那波反射性的喷发，用食指把部分精液涂抹在他的肚子上。后来，她去了洗手池边。迪安听到流水声。难闻吧，他问道。她吐了口水，用法语说了句什么。他没听懂。

"什么？"

她不说话了。

"什么感觉？"他问道。

她回到床上。她不知道。怪怪的，她只说。味道很冲。她第一次这么做。

19

一天下午他们去探访马恩河的源头,或许在阿泽勒丽多,他们不确定。两人在和煦的阳光中徜徉,谈起表达爱的各种方式,各种舒服的花样。

"都有什么?"她想知道。

迪安开始时说得漫不经心,其实精心盘算,讲了大堆备选的东西来掩饰自己真正渴望的那个选择。他在心里对自己说了上百次,反复排练,可是说出来的时候心仍然在狂跳。她无动于衷地听着。他们慢慢往前走,望着地面。远远看去,两人好像同学在讨论什么问题,或许在谈论一次考试。

"那肯定会疼。"她说。

"不会,"他说,然后,自然而然引出下文,"如果疼,我们就叫停。"

"我们可以试试。"他又加了句。

她没有应答，但好像同意了。好的。改天吧。刹那间他感到目醉神迷，好像行窃后成功地逃脱了。他开始进一步解释，试图编造出一套理论，想把这事说得多么稀罕，又多么平常，好像不管怎么都是正确的。他说的那些她只能听懂一丁点。他像神经错乱般讲个不停，好不容易意识到才强行打住。他们已经走到车前。他替她打开车门然后绕到驾驶位那边。他钻进车子，忙着用钥匙发动汽车。为什么他非要等这么久才跟她说这个，她问。他不知道该如何回答。

"我不知道，"他说，"时机刚好合适吧。"

"怎么讲？"

她非常喜欢追根问底。他摇了摇头——没什么。她盯着他，他感觉很紧张。她让他完全不知如何应对。

后来，那辆在梦中属于我的车，像荷兰飞人，像罗兰的号角，鬼魂般游走在空空荡荡的法国公路上，头灯逐渐暗淡，优雅的气度略微有点败落；在那辆门向后开的蓝色德拉奇里，他们双膝紧挨，深陷在座位中，驱车回家。村庄逐渐模糊，河流开始变黑。她解开他的衣服，释放出他的挺拔，它白得像暮色中的苍鹭，两个人都看着前方的路，像一对普普通通的情侣。她的手指围成一个圈，轻柔地套在上面，然后开始往下滑动，真棒。她那柔细的手指。她转过来看着自己的动作。迪安坐着，像个私人司机。他几乎没法呼吸了。

"我喜欢你的侧面,"她说,"这个词你们怎么说?"

"侧影。"他好像连声音都没了。

"我喜欢你的侧影。不,我爱你的侧影。喜欢算不得什么。"

她的心情不错。很爱开玩笑。等他们走进她住的楼房时,她已经变成了秘书。他们打算口述几封信。哦,是吗?他们在楼梯上拐弯的时候,她承认自己是一个人住的。真的吗,老板说。是。进到屋里,他们各自脱掉衣服,就像那些共用一个火车隔间的俄罗斯人。然后他们转过身脸对着脸。

"噢。"她呢喃地说。

"怎么了?"

"是台挺大的打字机[1]。"

他把枕头垫在她光溜溜的肚子下面时,她已经很湿了,他舒爽地长驱直入。开始节奏很慢。快要到的时候,他拔了出来,让它冷却会儿,接着又开始了,用一只手扶着,对准方向,像插管般送了进去。她的屁股开始扭来扭去,大声呻吟。那样子好像在服侍一个精神错乱的疯子。最后他又拔出来。他等待的时候,显得平静又从容不迫,眼睛始终落在润滑剂——她的面霜,柜架里的那些小瓶子上。这些东西让他心神不宁。它们摆在那里显得很可怕,像某种证据。接着他们又开始了,这次直到她大叫出声才

---

[1] 原文为法语 machine,有机器、打字机的意思,也可用来指人或动物的机体和身体器官。

停住。经过一系列漫长、颤抖的运动后,他感觉自己到了高潮,龟头好像碰到了骨头。两人精疲力竭并排躺着,像一艘刚刚在岸边搁浅的大船。

"这次感觉最棒了,"她终于说话了,"最棒。"

他在黑暗中凝视着上方。

"菲利普?"

"嗯。"他说。

"多棒的机器,啊?"她说,"总是这么好用?"

"我不觉得。"

她抚摸着他。依然很大。

"我觉得它更大了。"她说。

"也许有点吧。"

"我们应该再多打几封信。"她说。

晚上不冷。很安静,清澈透骨。幽暗的屋顶对面,小镇的尖塔紧紧挤在一块儿,高高耸起,轮廓被映照得清清楚楚,沉浸在人间的光中。

20

这些慢悠悠的日子，开始都雾蒙蒙的，田野凉爽又寂静，巨大的高架桥安然不动。一切都是白茫茫，一切都是空荡荡，除了大地本身，万物好像都已苏醒。空气中有股气味，暗示法国还活着。随着晨光推移，雾气消散。现在事物的形状逐渐露出来。屋顶浮现。树梢清晰可见。最后太阳露出来。我在给这个小镇做一份特别的记录。我在勘探它，揭露它。拍了很多只有房屋的照片，除了房屋没有别的，还拍了大量家具的表面，宽敞的大门，镜子里的影像，这些是我拍过的最迷人的东西。看着几乎像病人的作品，透着巨大的耐心和质朴，散发着某种光彩和结核病人般的镇定。那些在喷泉边玩耍的孩子最终会变成老人，但这些东西却不会有丝毫变化。有段时间我对此坚信不疑。我的作品开始显得宏大起来。我可以把自己放置其中，让人们来熟悉我。

靠近镇子边界有好大一群羊，两条黑狗瘦骨嶙峋，无休无止地兜着圈子，往前驱赶着羊群。它们好像在雕刻着羊群的形状，在后面刻画出曲线，不断地塑造着。我从来没听到它们吠叫，但是羊群发出的咩咩声却隐隐约约横穿宁静的空气传过来。前方不远处，有个老流浪汉一瘸一拐地走来。这时太阳很暖和。绵羊像水流般移动着，像条小溪——边缘凝滞，中心不断流动。形状不断变换着。在更远的地方好像要消散了。出现了涡流。羊群开始犹豫，停滞不前。一些羊羔已经出生了，它们跟在母亲后面跑着。然后，非常神秘地，整个羊群全停下来。接着又慢慢开始扩散。羊走到外围啃草吃。两条狗徘徊着。就在这时，我看到那个身穿黑色破烂外套的牧羊人。他安静地走过来，从天亮开始，羊群还被藏在雾气里的时候，老头儿就在看管了。也许他刚才是穿着衣服睡觉的。羊羔们看起来很幼小，长着长长的腿，忙着跟上肥胖的、无动于衷的母羊。

对克劳黛来说，一年中的这个时节，上班前下河去游泳还是太早了点。她平常总是骑着自行车。她没有汽车，也许等她再结婚的时候吧……我听说她就要跟一个从布尔日来的学生订婚了。那人比她年轻，有人说才二十二岁。我仿佛看见他坐在性感的妈妈和那个眼睛平视的聪明孩子中间的情景。他可能还没有意识到种种危险。或许他觉得她们自有吸引力。无论如何，大家普遍认为皮考特夫人有这么个追求者是非常幸运的。说完都会微微耸耸肩。这意思是多么显而易见。

现在我对很多事情的看法已经不同了。我听到这事后多少感觉有些释然。我未能把自己的念想付诸实施是有充分理由的——她自始至终爱着别人。那个男孩每个周末都定期来看她。所以，其实我原本无论如何都不会得逞。想到这点倒让人感到宽慰。一个学生，你是不会介意妒忌一个学生的。说起来，总比是珠宝商或者酒吧老板要好吧。最终我还是搞清了他的名字：杰拉德。

那些宁静的早晨。安－玛丽穿过卡鲁日广场。那地方很小，有一家杂货店，一家小咖啡馆，一家鱼店。她走路去上班，脚后跟踩在地面上发出射击般的回声，身上还萦绕着床笫间没有消散的余温，她的肉体还热着并且毫不设防，嘴角显得闷闷不乐。迪安还睡着，衣服扔得到处都是，百叶窗关着。他从不做梦。他就像个死去的音乐家，像个累坏了的长跑运动员。他没有力气做梦，或者毋宁说他做梦的时候是醒着的，那些梦很奇妙，至少因为这点：他有能力延长它们持续的时间。

持续才是一切。谁都本能地知道这点。这个问题悬挂在他们两个的头顶上，像句没有说出口的句子。它就躺在他们的床上。安－玛丽所有的欢愉始于这样一个希望：他们还只是刚刚开始，他们的前方是婚姻和告别欧坦，但是就像印着她的梦的底片，他感觉到的却恰恰相反。对他来说每个小时都是煎熬，因为越来越临近终点了。我不太清楚他是否意识到了这点。他真能感知到自己的命运吗？也许能吧——我说不准。

星期二晚上。在弗伊咖啡馆吃三明治。迪安的喉咙开始发疼，她有点轻微咳嗽。她累了。那天很辛苦,她想早点上床睡觉。

"好。"他同意。

"可我不想一个人待着。"

"我也累了。"

"别。"

"好了,"他说,"我们再找时间吧。"

"不行!"她坚持说。

他们步行穿过离泰拉斯街不远的那段长长的、阴郁的路段。街面上是小店铺,楼上是公寓。有家玻璃屋顶下面挂着洗好的衣服。在白天你可以看到天空。就像一座毁坏的宫殿。他们的鞋子在地砖上刮擦着。在遥远的尽头可以看到那个广场的树。

他觉得冷飕飕的,很虚弱。他躺在床上紧紧抱住自己,想暖和暖和。他看着她脱衣服,她的小肚脐露出来了,像枚珠子,平坦的小腹扁得像比目鱼。她回头看着镜子里的自己。她喜欢自己的屁股。形状不像一滴油,她说,这点大家向来都看得见,倒很像两只苹果。迪安无动于衷。

"我没带东西。"她溜进来睡在他旁边的时候,他提醒说。

"不需要。"

"安全吗?"

"是的,"她说,"前八天,后八天。"

他没说什么。这个公式是她从母亲那里听来的。他心里默默算着。

"过了八天了。"

"没有。"

"过了,肯定过了。"他说。

"没有。"

机械的爱抚。毫无感觉的爱抚。她很干涩,这让情况变得更糟糕。事后她告诉他,她完全清楚会怎么样。先是他会说自己感觉不好。迪安闷闷不乐地听着。然后,她说,他提议他们回家,但不干什么。最后,他想知道到底安不安全。

"我太了解你了。"她说。

"真的?"

"绝对了解。真的。"

他没回答。自己承认了。

"可怜的菲利普,我想伤害你。"

"你并没有伤害我。"他说。

"是的。但我想。"

他在黑暗中看着她。

"我想让你记住。"她说。

他没说什么。

"你能想象我不会?"

"什么?"

"你认为我不会吗?"

她耸了耸肩。

中场休息。他们互相挨着躺着，像两个生病的孩子，有气无力。最后的亮光已经消失了。过了会儿她坐起来，穿上内裤。她打开锁着的门。过道里的光把她照得清清楚楚。

"嗨，"迪安说，"你要干什么？你不能就这样出去。"

"这里没人。"她说。

"穿点衣服。"

她往下看了看自己。

"隔壁有人。"他说。

"没人会看到。"

她还是原样溜了出去，光着脚，赤裸着乳房。

"回来！"他轻声说。"穿点衣服！"

他能听到她走进过道尽头那个恶臭的小隔间，再后来，隐隐约约听到她咳嗽了几声。她回来后，上床前又脱掉了内裤。

"我感冒了。"她说。

她的脚脏兮兮的，他想。

"美国女人会想办法让自己整月都处于安全状态，是真的吗？"

"真的。"

"在法国可不行。"她说。她抚摸着他。

"她们有很多事情要做。"

"我喜欢它又软又小的时候。"她说。她抚摸着他的大腿。"我喜欢你的身体。"

她的手又回到他那因为充血而膨胀的家伙上。

"喂。"她说。

在很远的地方,火车正在转轨和组装。车厢在巨大的金属碰撞声中连接到一起。

"我相信我比你更了解它。"她说。

"真的吗?"

"我抚摸它的时候更多。"

"你想过去美国吗?"迪安问。他慢慢地插了进去。

沉默。

"安……"

"嗯。"

"你想过吗?"

"想过,"她承认,"偶尔……"

他们像远处的货物互相摔打那样开始了奥林匹克运动。她彻底放开了。她像个四十岁的女人在跟自己的情人做最后的狂欢那样,扭动着喊叫着。后来她胡乱横躺在他旁边。

"你就像面包和盐。"他告诉她。

"噢,菲利普。"她说。他们沉醉在黑暗中。

"是的……"

她没有再接话。最后,她温柔地说:

"你对我很好。"

最后的钟声响起来。鸽子都睡了。在牛奶般的月光中,在破旧的墙面底下，那部德拉奇停在离几辆雷诺轿车和一辆旧盒子般的雪铁龙很近的地方。是的，迪安想，美国。他们可以住在老城区某个一居室里，带个小花园，也许还有个露台，以及若干好朋友。

21

  白天结束时分，天色暗淡，车站空无一人。咖啡店里的灯光还没亮起来。迪安坐在外面一张铁桌子旁边。安-玛丽几乎独自一人，沿着从广场延伸出来的、两旁栽着成行树木的那条街道往下走去。她拐过街角。你几乎能听到她的脚步声。鸽子从她身边匆忙飞走，不确定要往哪儿去，然后折回来，盘旋一番，最后突然展开费力拍动的翅膀，冲上天空。鸽子飞走后，街道又回归寂静，那种寂静只有医院才会有。

  很奇怪，我怎么就开始留意起那些当时对我来说毫无意义的风格和主题来。再次重温这场邂逅的诸多碎片，触摸着它们，把它们翻转过来的时候，我感觉自己获得了某些顿悟。比如在火车站的相会。我从来没有真正把它当回事。但是，随后，我想起迪安，第一次辍学后，花了六个月的时间旅行，开车去了趟墨西哥，然后又继续北上加利福尼亚，那个传说中的神奇海岸。我想起他人生的那个重要象征符号，在我眼前一再闪现，黄昏时分它从树木后面现身，灯光飘出来，黑色的身形沿着公路飞驰，那辆巨大的幽灵般的汽车，常在村镇里出没，轮胎已经磨旧，轮子上的镀铬开始出现锈斑。那么多旅行以及有关旅行的暗示——我现在发现，他总是置身于不断流动、转瞬即逝、最终被夺走的生活中。对他的整个外在状态，我的看法已经完全不同。他与事物的短暂易逝紧密相连。他至少已经领会了一个伟大的法则。

她顺着人行道走过来跟他会合，宽松裤之上套了件廉价的金属色上衣。看着像个流浪者。迪安很喜欢。她坐下来，说了句什么，一句消了音的话，他点了点头。这时那个穿着件脏兮兮白色外套的服务员出现了。

一辆绿色奥兹莫比尔车围绕战神广场转悠，里面坐着几个黑人士兵。他们戴着太阳镜。我的血管突突直跳。他们极其缓慢地开过去时，我看得到他们谁都不说话，全都克制着。他们会认出我的，对此我忽然很确定。我不敢看他们。那个黑人情人找了她好几个月，现在终于来了。那辆车打算在咖啡店对面的街上停住，从车里出来三个人，懒洋洋地关上门。第四个人留在车的后座上没动。我的思绪飞驰起来。是他吗？要把她交到此人手中吗？迪安在推搡着什么人。椅子间发生了一场混战。

当然，这事不会发生。他们的复仇，他们的刻意慢行，所有这些都是我虚构出来的。相反，他们其实绕着广场不停地兜圈子。

看到他们把车停在方位指示牌附近看上面的东西,后来又继续赶路,朝第戎方向驶去,我冷静了下来。

黑暗已经降临,他们在黑暗的芬芳中漫步。他们来到她住的那条街。水果店里的灯还亮着。科西嘉人在喝酒。他们穿着汗衫坐在那里,身子半埋在柳条箱中间,前后传递着葡萄酒瓶。地板上铺着报纸。你可以听到他们的大笑声。一只猫从门里溜出去。

"他们人挺好,"安-玛丽说,"我上楼梯时常常遇到他们。他们总是侧身站一边。"

他们全都是孩子,黑黝黝的,短短的毛发从衬衣中曲里拐弯地露出来。

"我觉得他们长得挺好看。"她说。

她打开自己房间的门。钥匙咔嗒咔嗒地响了几下。迪安很紧张。他像个杀手般在衣服里藏了一小管润滑剂——这东西要被发现的话他会很害怕。可是,那东西就在那里,像件外科手术器械般冷静。他的回答含糊其辞。

"我喜欢那股水果味。"她说。

她打开百叶窗,房间里面比外头的夜色还要黑暗。迪安紧贴在她后面站着。她完全赤裸着身子。空气冰凉如水,冲刷过他们的身体。

"你能闻到那股味道吗?"她问。

"能。"

他们躺在床上。有那么几分钟,时间好像停顿了。迪安感觉她在等着。他害怕面对这个时刻。

"你想那样吗?"他说,声音有些沙哑。

她对这事期待已久。她犹豫不决。

"别弄疼我。"

当他往阴茎上涂抹薄薄的润滑剂时,她默默地看着。似乎某种力量离她而去。她的表现好像自己被宣判有罪。他压低身子小心地贴到她后背上。他决心要拿出最温柔的动作,却不知道究竟该从哪里进去。他试着去寻找那个地方。

"往上些。"她轻声说。

他的双臂开始颤抖。他忽然感觉她的肉体放弃了抗拒,然后那块肌肉愉快地裹住了他。他尽量不压迫任何东西,长驱直入。她急促地喘着气,第一波冲击过后他退出来时,能感觉到她欢快地痉挛起来。她喜欢这种短而快的动作。她主动迎上去。呻吟声脱口而出。迪安到了高潮——感觉像一次大出血——接着她紧紧地箍住他。他还能感觉到隐隐约约的环形痉挛。他安静地躺着,直到最后的爆发到来,那死死钳住、把他最后的精液挤出来的紧裹感逐渐消退。这时,他才抽出来。萦绕在顶端的一丝紧紧的、逐渐减弱的包裹感,退出后也消失了。两人的身体终于分开。

"你喜欢这样吗?"他问。

"非常。"

22

一场爱情盛宴即将开始。过去的一切不过是某种前奏。现在,他们是情人了。最初的狂野历程已经结束。他们建立起自己的领地,随之而来的是邪恶的快乐。周末他们去贝桑松[1]度假,心中好像充满了羽毛,飘浮在纯粹的欢乐中。春天的公路在他们下面飞翔。她很爱谈论那事。她说,告诉我你想要什么,我想让你开心。

"你做什么我都喜欢。"他说。

"不行,"她坚持说,"告诉我。"

他们在公园里散步,像老旧的墙壁一样沉浸在寒冷中。条椅上空空荡荡。只有他们在那里。傍晚的这个时候,太阳已经沉没。

---

[1] Besançon,弗朗什孔泰大区和杜省的首府,邻近瑞士边境,以钟表业著称,也是弗朗什孔泰大学的所在地。

天空好像振作起最后的精神，呈现出某种锐感，某种淡蓝色，清澈得令人害怕。好像所有的声音都消失了。

他们臀部挨着臀部，不声不响地走着。他感觉有种无拘无束、彻底的幸福。树木幽暗的芬芳浇洒到他们身上。他们的鞋上沾满灰尘。最后的天光暗了下去。

在餐厅，他们面对面隔桌而坐。那个酒店很宽敞，需要来点小幅度的维修。迪安心里充满了踏实感。这里的一切都很熟悉。他感觉自己以前来过这里很多次，这次相当于故地重游。如果他请她喝完汤后上楼去，她会毫不犹豫地把餐巾放在桌上。他打量着她的脸。她微笑着。

酒店老板，她说，可能是个黑脚[1]，阿尔及利亚人。迪安环视了下四周。收款台后面的两个年轻人肤色特别黝黑。也可能是犹太人，她又补充说。

"他们看着不像。"

"看得出来。"她说。

回到房间，她好像心事重重。她慢慢脱掉自己的衣服。

"你怎么可能还没结婚呢？"她问道。

迪安变化无常。他清楚地意识到自己的肌肉，牙齿。生活似乎已经胀满了他，但他感觉很镇定。

"慢慢来吧。"她说。

---

[1] Pied-noir，一般指生活在法属阿尔及利亚的法国或欧洲公民。

"好的。"

他的爱没有保留；想象没有她的生活令他感到恐惧，在最初几次恐惧中，他开始体会到某种茫然。他知道这种事可能会发生，但这就像寻找一个难题的答案，他想象不出如何才能找到。

现在很多时候，他欣然接受她所描绘的生活，放弃别的生活。简单、游荡的日子。他的衣服需要熨烫。他的脚踝上有几处跳蚤咬的伤口。

"不，"她说，"不是跳蚤。"

"得了，我知道那是什么。"

"法国的酒店里没有跳蚤。"她说。

"当然没有。"

他们沿着大街溜达，偶尔在鞋店前驻足片刻。他会由着她自己走到前面去。她站住又转过来。他们就这样站着，相距二十多步。然后，他又慢慢向她走去，两人手拉手继续往前走。她母亲邀请他们四月一号去吃午饭。迪安点头同意。这没有引起他的警觉。

"我们能去吗？"她说。

"可以啊，当然。"

"她想见见你。"

"好的。"

他有时喜欢在她正说话的时候进入。她安静地躺倒，嘴里的话语像纸屑般飘出来。他有本事让她不吭声，能把她弄得气喘吁吁。在她当时生活的那个美妙、隐秘的外省地区，星星像糖果般坠落下来，天空逐渐转白。我看到他们待在朦胧的黑暗中。他们的脸挨得很近。她的嘴巴苍白而柔软，嘴唇没有涂口红。她袒露的身体散发着某种温暖，只有靠得很近才能感觉到。他们商量着去圣莱热。她描述着那里的一切。安排这一天的行程，出发时间，想象可能会碰到谁，让人很开心。她谈到自己的父母、家、总是打听她情况的隔壁女人、自己经常一起出去玩的男孩们，其中一个现在有了辆标致，不赖吧，啊？另一个有部雪铁龙。妈妈经常跟她说车祸的事——她最担心这个。迪安听着，好像她在逐渐展开一个充满虚构的神奇故事，这个故事，如果他厌倦了，可以用最简单的动作打断。

23

一个灿烂的正午,天空中阳光满溢。他们开着车沿运河急驶,圣莱热看上去很安静,渐渐接近时,发现那幢房子本身也是空的。安-玛丽跳下车。她看到了自己的猫。她抱起猫搂在怀里。

饭是在厨房里吃的。开始上的是一种奶酪馅饼。他们观察着迪安喜不喜欢。虽然天气暖和,房间里却有些冰凉。大概是瓷砖地板的缘故,他想,或者跟墙壁有关——他拿不准。交谈之间他总是点头,对那些话只能一知半解。他感觉自己的皮肤发青。忽然,他意识到自己肯定生病了,可这时她母亲站起来去拿了条披巾。她又坐下来,说有点冷。父亲耸耸肩。迪安没法跟他交流一句话。他们坐在那里形同陌生人。主要是安-玛丽在说话,多半跟她母亲讲,语调欢快,好像那里只有她们俩。她偶尔问问迪安能不能听懂。他就说能。她父亲坐在那里像个阿拉伯人,脸庞瘦削，鼻子很长，戴着顶帽子。他不是看着桌子就是望着窗外。有时妻子会伸过手来轻轻拍拍他的手。他好像没注意到。

迪安感觉越来越不自在。他一直孤零零地坐着。他不愿意看那位父亲，他的眼睛泛着淡白色，湿漉漉的，透着股悔罪般的抑郁。至于这场谈话，简直像大水从他身上横冲而过。他甚至连熟悉的词语都听不懂了。

"菲利普，你听得懂吗？"她说。

"是的。"他昏昏欲睡地回答道。

"真的？"母亲问，她明亮的眼睛盯着他。一时间，他又害怕他们会问他话。

"有时候，"安－玛丽说，"他完全能听懂。"

母亲大笑起来。他低下头。他感觉这位父亲不紧不慢地盯着自己。迪安试图回应下这眼神，下决心想这样，可是他的眼睛却不由自主地马上闪开，这已经足够。这事算完成了。他知道自己已经被估测过。出于报复心，他开始想象他们的女儿赤身裸体，像耳光一样不可饶恕的画面。父亲点了支烟。

他再次试图集中心思听听她们在说什么，可是大家说话的速度太快了。他几乎一个词都听不懂。好像一切都脱离了他。他开始数自己吃了几叉饭，接着又数墙上的瓷砖。

吃完午饭后他们带他参观了整个房子。干干净净又家徒四壁。她的房间在楼上，质朴得像间小小的囚室。不知为什么，他无法把这一切跟她联系起来，这更像她曾经上过的学校。他从她房间的窗户望出去。楼下，阳光中停着一辆长长的轿车，座椅是真皮的。全镇的人都见过它。

父亲没离开厨房。他手拿报纸，坐在往后挪到靠住墙的一把椅子里，抽着一根粗粗的工人喜欢抽的烟卷，就那么吸着。他们下楼的时候，他好像没听见。他们走进那个房间时他继续看着报纸。

迪安既沮丧又生气。她告诉他别理会，继父是个蠢货。这倒没关系，不管什么事都让这天变得格外长，显得孤独凄凉。那张桌子就在火炉旁边，吃光了的盘子放在桌上。母亲让她喝了杯牛奶。这个下午他们好像又重新拥有她了，而她也完全没有抵触。她冷落了迪安。昔日的生活重新夺回了她。

"我妈妈需要台电视机。"他们开着车行驶的时候，她说。"别人家都有。晚上很孤单，她可以看看电视。"

"我想是吧。"他说。

"眼下她什么都没有。那样会好很多，你不觉得吗？"

"是的。"迪安说。

"她也需要一部车。一辆雷诺。她骑自行车去镇上，可是她年纪太大了，不适合骑车。每天都那样。我必须给她弄辆雷诺。"

"你干吗不给她弄辆奔驰？"迪安讽刺说。

"那太大了。"

他们来到了一段长长的笔直路段，他开始加速。他好像专心致志地开着车。速度越来越快。仪表上的数字最后碰到了一百六十码。安－玛丽一句话都不说。她坐在那里望着车窗外。

我和他们在广场附近一家饭店碰面吃晚饭。周末，人比平时多些，不过还远没到拥挤的地步。有张锌皮吧台，我想镇上肯定独此一个。女侍者靠吧台站着，等着接厨房里的碟子。迪安喝着白葡萄酒。他非常健谈。我坐在那里听着他描述欧洲的生活，想以沉默引出他的话来。当然他讲的是一种特殊语言，充满欺骗性。我擦掉吧台上的烟灰，不断点头称是。他正在给我讲奶酪，建筑，这种文明真正的、最深邃的智慧。偶尔回顾一下他去过的某些城市，住过的某些小旅馆。

安－玛丽安静地坐着，当迪安聊着天，醉意渐浓，嘴唇变得湿漉漉的时候，我试着观察她，试图把她那令人惊艳的性感元素一一辨认出来，但这就像是要记住一颗钻石的光芒。一个最微妙的动作，它便会出现全然不同的光彩。当然，我主要研究的是她的脸，她的姿势和表情。我感兴趣的是能看见的。我很清楚她全部魅力的源泉是什么，但我试图从最平凡的细节中找出它来。

在我拥有的那些照片中，她的表情奇怪地显得很严肃，星期六我们都去露天市场买东西。有些照片是她坐在那部车里拍的，隐约有几丝欢快的痕迹，是那种为某个她会永远忠诚的同伴而保持的欢喜。她喜欢摆姿势。当然，我把洗出来的照片都给了她。她很高兴。迪安告诉我，她把那些照片寄给了母亲。

他们就像一对刚争吵过的夫妻。我们说话的时候，迪安的目光总是越过我，投向正跟值班经理讲话的女侍者，她一次只说几个词,夹在中间的领班则无奈地轻声叹几口气。

"我可比她好。"安-玛丽说。

"比谁好?"

"她。"

"这是肯定的。"

"她穿着那件衣服显得很好看,"安-玛丽说,"可是她脱光衣服会是什么样子呢?肯定很惊人吧。"

"惊人?"

"惊人?"她重复道。"对吗?"

"对,挺好。对你来说,这可是个新词。"

她耸了下肩膀。

"你从哪儿学来的?"

她做了个含糊的手势。

"噢,你说得对,"他说,"可能会非常惊人。你认为她会做爱吗?"

一声干笑。"当然会。"

我都害怕转过身去。也许她听得懂我们说的话。

"你肯定?"迪安说。

"我的天!"

"好吧。"

"看看她的眼睛,"安-玛丽说,"下面都有黑眼圈了。"

"然后呢?"

"那是标志,错不了。"

这话把迪安逗乐了。他开始四处打量房间里的人。

"坐在窗边的那个女孩怎么样?"

"哪个?"她问。

我们离开的时候还很早,不到十点。我们一起步行了一段路,然后在一个拐角处分手。我不用想都可以追踪他们的路径。我知道他们会如何往前走,在哪家商店前逗留片刻,如何抄近路穿过那些坑坑洼洼的小街。他们会经过那家照相馆,迪安喜欢的橱窗上贴着结婚照和毕业班的合影。有些照片具有不朽的品质,散发着一九一四和一九三九年的芬芳。它们就像旧报纸。也许这家店一直就在那里。但照片上没有一张脸会是迪安的。我顺着一排排照片详加查看,甚至看了那些部分遮住的照片。在那些人里面是不会找到他的。他的脸散发着一种绝对的、几近痛苦的聪慧,不会出现在这里。每当我看他的照片,十一月的某天我们第一次去博纳时拍的,他正吃着橘子朝上看——看这张照片时,我好像看到了洛尔迦[1]的眼睛,某个被排挤出生活,被毁了的人的眼睛,我们永远找不出原因。我坐下来凝视这画面,生动地定格在那个独特的瞬间。这张照片是在战前、在革命前拍的。那天我们在高架桥下面停了下来。他谁都不认识,打算来这里待上一两个星期,不会更久。

---

[1] Federico Garcia Lorca(1898—1936),西班牙诗人,"二七年一代"的代表人物。

24

  普朗热。这个村子很穷。他们拐到岔路上，前面的鸡群四散开来，然后出现了一排树，指明道路。他们穿过一座小桥，往里开到几座塔下面。有个黑洞洞的入口通向一个洁白的庭院。远远的那侧，是他们即将入住的那幢巨大的乡村住宅，它就像把全法国串起来的石头项链上的一个小物件，这些遗迹都是法国历史的支柱。它们向旅行者敞开大门，这些城堡。它们变成了旅店。那些宏伟的房间，从容而又意味深长，现在可以被任何人占据，那些见证过几个世纪的光明与黑暗的房间。现在人们可以穿着内衣在里面徜徉，躺在那些床上，像喝醉酒的仆人。

  关上门。只有他们自己。那是个宽敞的大房间，装了好多镜子。安－玛丽朝浴室里看了看。同样很宽敞。窗户下面有条护城河，满是青蛙。她脱掉鞋子。地毯是蓝色的。除了乡间的天籁，听不到别的声音。鸟儿的鸣啼。泉水的汩汩声。在那张大床上,他们迅速开始行动,技巧娴熟,安静得像小偷。深陷在一个奢华的美梦里,他们在其中发现了彼此。

天空暗淡,热气已经褪去。在这种偃旗息鼓般的寂静中,迪安想到的事情都有点不同寻常。他用手捉着慢慢插进她的身体。好像一根铁条沉进水里。她闭上眼睛。她的声音像断了线般随意飘散。

好几分钟。庭院中沙子飒飒作响。迪安稍微欠起身,刚好可以从半开的窗户看到外面的情况。人声喁喁。一大家子人从花园散步回来,这会儿在笑声中开始围着桌子坐定,那个穿着白色外套和黑裤子的侍者给他们服务。女人们想要巴黎水,男人们想要葡萄酒。他们就在窗户下面——连最近的人都看不见。谈话只能听到些断断续续的碎片,飘上来好像要把他吸纳进去。为了好观察,他往外退了点,用胳膊撑着,肌肉很紧张,只留龟头在她里面。他顺着腹部往下看过去,想确认它还在不在里面。

他们在情人的欢愉中,在别人聚会期间,做着爱。她的皮肤像锦缎般光泽闪烁,混杂着穿丝绸衣服、成群围在桌子边上的女人,小孩以及一只友好的狗的光影。正午时光飘然而去。那个侍者端来更多冰块。好像要持续几个钟头。他们被一条承载着同样情感的血脉联系起来。他在滋养着她,抚摸着她的心。他到达高潮的时候,好像一个奇妙的幻象结束了。事后她又亲吻了他的阴茎。他的睾丸。那伙人已经散了。楼下庭院里只有侍者一个人在收拾玻璃杯。

那天晚上他们在第戎,在我们最初看到她的那家卡巴莱酒馆里跳舞。是她的主意。对此我略微有些惊讶。我自己总摆脱不了这样的感觉,她肯定不希望跟自己的过去相遇,但她好像不在乎。对她来说,那没什么关系。他们舞动时脸上汗珠闪闪。她连衣裙的腋下湿透了。午夜时分,他们把顶篷放下来开车回家。外面很凉爽。公路上空旷无人。房前破旧的大门黑乎乎的。他们把车停在还在冒热气的砾石上。两人拖着疲惫的双腿爬上楼梯。

她脱衣服的时候,迪安看着镜子里的自己。他赤裸着身体,使劲笔直地站着,双手搁在两侧。他像看另外一个人一样看着自己。对自己的瘦削,对自己留得太长的头发,以及镜中得胜者般的身影,他都很得意。他知道她在身后来回走动,但他感兴趣的是自己的裸体,瞥见她的存在只能让这样的裸体更令人兴奋。他在她的存在里发现了自己,这才是问题的核心。这是其他所有人都必须与之抗衡的身影。他对自己非常满意。他的硕大看上去杀气腾腾。

"今天晚上我们怎么做爱呢?"她问。

她等着。她有能力把萦绕在他们周围的漆黑乡村中的一切都召唤过来,万籁俱寂中,各种物体、各种形色都在安息。看不见的树叶——夜晚充满了树叶——互相轻轻地摩挲着。草地很安静。如果仔细听,窗户下面涓涓细流冲过一块岩石的表面,最后流进绿色的泡沫中。传来一只青蛙的鸣叫声。在这一切的正中央,在一个高高的屋子里，窗帘低垂，挡住晨光，他们躺着，身上淡淡的汗酸已经干燥，其他潮湿也干了，清清爽爽，凝结成块。完事后，两个人都累得起不来。他们纹丝不动地睡着，盖在身上的毛毯抵御着清晨的寒冷。

25

爱的遗迹：这是他的笔记本里某一页上的标题。很多条目都不知所云。当然，肯定有个密码。每个日记作者都会虚构一个。我死的时候，他写道，希望是在一个像南锡这样的城市。

在断想条目下他写道：

1. 离开的时候。
2. 一次一餐。
3. 三不朽：立德，立言，立功。

还有份长长的城镇名录，个别名字上加了星号（布尔日，蒙达顿）。马莱恩后面有句注解：漫长的夏天。还列举了很多奶酪的名字。

爱的遗迹。他的很多说法自然而然出现在我的话语中。我当然知道这点，可一个人必须明白什么时候将之据为己有。他不需要它们，但对我来说它们是必不可少的。墙垣——我指的是地基——没有它们就会坍塌。因为缺少了它们，整个建筑可能会不复存在。

他们考虑了很多消夏小镇。埃兹和拉波勒。勒祖特。阿尔卡雄。最后他们决定开车去卢瓦尔。那是一个炎热的下午。天还没黑。在她那间凉凉的屋子里，他们像河岸阴影中的鱼那样躺着。迪安展开地图。百叶窗拉了下来。几个工人在外面修雨水槽。他们工具的声响和偶尔说话的声音就在附近，令人警觉，好像他们会像撬开锡皮罐般突然打开房间，发现里面的居住者。迪安已经完全穿戴好，可她几乎还赤裸着。她的肉体仿佛上了光。浅色的乳头看着像野草莓般柔软。

行了，就卢瓦尔。他们低语着。他抚平了地图上的一条折痕。大城堡看上去弥漫着蓝色，一如那条宁静河流沿岸的山尖。他们打算五月晚些时候出发。尚博尔[1]从森林中拔地而起。舍农索[2]是座由好多洒满阳光的房间构成的桥。你要从昂布瓦斯的铁阳台往下看，那里高出镇子一千英尺，那个阳台上吊死过很多清教徒。他们将驱车前往昂热[3]，然后继续向大海方向奔去。

"我想他肯定是爱我的。"安－玛丽告诉母亲。

---

[1] Chambord，尚博尔城堡，也称香堡，坐落在卢瓦尔河谷大森林中部，法国文艺复兴时期的建筑杰作，始建于十六世纪，到路易十四时期全部完成。

[2] Chenonceaux，舍农索城堡，位于昂布瓦斯以南，依势横跨在谢尔河上，河流、园林和绿树浑然一体，建于十六世纪。

[3] Angers，法国西北部卢瓦尔河大区城市，历史悠久，是安茹文化区的中心。

厨房里只有她们两个。母亲不确定。也许吧，也许不。

"肯定爱。"女儿坚定地说。

"也许吧。"

这让安－玛丽很恼火。她是很骄傲的。母亲对此有些不安。一个人不该过于相信某种会轻易消失的生活。很多事情都让人担惊受怕，那些事情女儿可能会告诉她的，如果她仍然保持耐心，如果她足够聪明不要打问的话。

"嗯，我想他可能是爱你的……"

"是的。"安－玛丽坚持说。

"……可是，对他来说有什么理由非要跟你结婚呢？"

安－玛丽耸了耸肩膀。

"理由很多。"她终于说，口气不再深信不疑。

"他都不工作……"

"确实……不过他父亲很有钱。"

"那不一样。"

"那就不一样吧。"安－玛丽不耐烦地说。

母亲伸过手来想摸摸她的手，可她已经站起身，看着镜子里的自己。她在镜子里找到了她需要的一切。她把自己的脸这样转转，又那样转转。大海将出现在他们的前方，沐浴在阳光下。他们将顺着岩石散步。当他们靠近时，那些白色的鸟儿将懒懒地飞起。海岸边所有的酒店用它们洁白的门面、李子、牡蛎和鸽蓝色召唤着人们。

尚博尔是弗朗索瓦一世建造的，一个留胡须的伟大君主，眼睛小得像野猪眼。他酷爱打猎。他经常带情妇去那里，在那些灯火通明的房间走上走下，披散着长发和浓密的黑胡子……迪安在这个地方画了个圈。工人们走了。天空中残留着最后一片清澈的蓝色。空气平静。到该吃晚饭的时候了，餐桌已经摆好，饭店的侍者在吧台附近安静地站着。纪念碑和建筑已经消失。无须等太久，第一颗孤独的星星就会出现。

他们沉入黄昏。现在小巷渐渐黑了。几个穿着不成形状的黑衣服的老女人出现在入口。几只猫紧贴墙边向前移动，稍停了一会儿，然后在迪安关上车门时匆忙离去。引擎劲头十足的声音。他们穿过一片如海边的夜色般平静和辽阔的薄暮，飞驰而过。村庄是寂静的。房屋像停泊的轮船般安然不动。

在一家咖啡店，她巧遇一个相识的男孩。他非常惊奇。你完全变样了，他告诉她。她笑了笑。后来迪安问：

"他是谁？"

她认识的一个女孩的弟弟。迪安朝门口望去，好像他还可能回来。这事让他有些恼火。

傍晚有点温热。这地方让她想起那年她跳了一整个夏天舞的地方。他们有朝一日一定要去那里，她说。那儿有两个喜欢她的男侍者。一个是意大利人。另一个非常年轻，给她送过花，但很害羞。她从来没有跟这个小伙子出去过。甚至从来没有想起过他，直到此刻，今晚，意外地想起来。她跟那个意大利人一起度过了那些嘈杂的时光,那是第一个占有她的人。不过,那个年轻侍者,我可太了解了。他把钱都存起来。他的衣服干干净净。他总是悄悄地穿过小镇,眉眼低垂。晚上,有时候他会站在那群人中。他看到她笑的时候,心脏简直要从身上跳出来了。在橘黄色灯光下旋转的舞者中,他的眼睛顷刻间就能找出她。他比她的情人还熟悉她的小腿,她的体形,她系着纤细带子的高跟鞋,那双鞋在舞池里滑动时,无异于在撕裂他的美梦。

剧院有一半空着。那是一幢白色建筑,冷得像肉厂。里面,天花板涂成蓝色,墙上挂着皱皱巴巴的破布,像条裙子。地面往后倾斜。大家都坐在后排,盯着覆盖屏幕的垂幕上的广告。突然,有个人从过道走出来,爬到舞台上。他留着一撮小胡子,像林肯。他的声音听着令人生畏,清清楚楚。

"女士们,先生们,"他开始讲话了,"很高兴今晚可以向你们介绍欧洲最著名的一个女人。她能够——我毫无保留、毫不犹豫地向你们保证——她能看出这个屋子里所有人的心思,不用看你们就能描述出来,回答她听不到的问题,揭示隐秘的欲望。不要害怕。没有什么可尴尬的,也别说什么没必要。这是罕见的灵力展示,是一种印度人或者说东方人都熟悉的交流术。让我来向你们引荐:尤兰德!"

他招呼尤兰德上来。她走到舞台上,站到他身边,戴着黑色西班牙帽,穿着条金黄色裙子,头发做成小发卷。她鞠了个躬。观众们惊讶得不会鼓掌了,很谨慎。她把脸转向幕布,她的搭档朝后走到第一排观众坐着的地方。他开始向尤兰德提问,她回答时背对着他们。

"这位……"

"阁下……"

"这个人是男人还是女人?"

"男人。"

"头发的颜色呢?"

"棕色。"

"他的衣服……"

"灰色。"

"他的鞋子……"

"黑色。"

"正确!"他说。

他继续问。

"前三位……"他俯身轻声对他们说。三个人脑袋凑到一块儿。他点了点头,又点了点头,然后再次笔直地站起来。"你能说出他们的名字吗?"

她的声音奇怪地变得机械起来。好像在读一份名单。

"罗伯特。吉尔伯特。让-保罗。"

"请说出他们的职业,按照顺序。"

"教师。职员。机械师。"

"对吗?"搭档问这几个人。

他们点了点头。他抓住他们身后一个男子的手腕,然后举起来。

"这是……"

"一块手表。"

"牌子?"

"Intra."

"对吗?"他问这个男子。对,又点了个头。"现在,尤兰德,请说出手表的准确时间……"

"九点十一分。"

"几秒?"

"三十五。"

他让手表主人看了眼。

"正确!"他喊道。

传来一些掌声。这才刚刚开始。她还能读出法郎纸币上的序列号,确认某人手中拿的东西,感知丢失的纽扣,说出出生的日期和时辰。对话非常干脆利落。

"这位……"

"先生……"她大喊道。

"在握着……"

"一张票。"

"是吗?"

"一张火车票。"

"去哪里的?"

"去沙隆!"

"正确!"

观众开始窃窃私语。那个男子转身跨上舞台,得意地伸出胳膊,手指弯着。这时尤兰德本人转过身来。她宣称,已经准备好回答所有个人的私密问题。

"你们最秘密的问题。"她一边说一边冷静地束上系钱包的皮带。回答一个私人问题,收两法郎。她开始随意走动,在快速从她带的篮子里挑出一个信封前,只问问人们的名字。她的搭档走到前面,鼓励大家专心想想他们想要答案的问题。

"我能问她问题吗?"安-玛丽说。

"问吧。"

他挑出自己的零钱。她举起手。尤兰德立刻看见她了。

"小姐……"

"是。"

"你的名字。"

"安-玛丽。"

"出生,"尤兰德伸出胳膊,立刻说出来,"生于十月。对吗?"

安-玛丽惊奇地笑了笑。她点点头。

"正确!"搭档喊叫道。他走到前面。"还有谁?请举手。"

那是个淡蓝色的信封,没有封口。里面只有一张纸,编号为七。顶端角上有个星座。底端有颗红星。个别语句下面画着红线。

她快速读起来。

"我来看看。"他说。

没有回答任何问题。只是用看着像手书的字体印着几句话：

你的天性，上面写道，注定你喜欢做梦。你会用情很深……有几个词他读不出来……此时你不太幸运，但万勿堕入绝望。你的命运很快将会揭晓。勇敢些！相信！她的香水是鸢尾花味。她的幸运日是星期一。他错了——最底下有句话回应了她的心思：如果敞开心扉，你的愿望将会实现。

"说得对吗？"迪安问。

"不对，"她说，"这话早就印好了。"

"我再看一遍，"他说，"也许她把我的给你了。"

"可她是怎么知道我出生月份的？"安-玛丽说。

"她闻到了你的香水。鸢尾花味道。"

"什么意思？"她说。

午夜时分他们开车回到家里。他们很少在外面待到这么晚。平常他们晚上的活动都很简单。无非是在什么地方吃顿饭。天黑后回去的时候散会儿步。头顶的树木充满了静谧感。那些最廉价的房间隐约流出欧洲广播台里的音乐。她的那台便携收音机放在地板上，调谐指示盘上亮着光，神秘地闪烁着。现在是卢森堡台。然后又换到日内瓦台。世界各地的管弦乐队节奏温柔。她后面的肌肉很紧。感觉像绳索缠绕在杆子上。他慢慢推进去，然后，最后，猛然一送，好像顶穿了似的。安-玛丽呻吟着，脑袋埋在胳膊里。

他死后,我常常想起这些时刻,想到这一刻。也许想到她的呻吟,想到她压在被单上的脸。他能感觉到她紧紧束缚着他,像条绞索。他合上她的双腿,满足地躺在那里,望着窗外,回味着阵阵温柔的痉挛。

"你满意吗?"过了会儿他问道。

她的声音,她的神魂,好像从远方被召唤回来。她轻轻地回答:"是的。"

26

"你连续好几个月待在那里不厌倦吗?"克里斯蒂娜说。"天呐!"

我不知道说什么好。他们全都盯着我。我真的说不上。这不是厌倦的问题,其实是没法比较的。

"你在那里究竟做什么?"艾利克斯问。

"嗯,我还是有些事情做的,"我停顿了下又说,"读了很多东西——我知道这听起来很滑稽。"

"肯定是很迷人的,"她说,"不管你读的是什么。"

大家哄堂大笑。

"他到底在干吗呢?"她问。"搞得神神秘秘。肯定有什么妙事。"

我不知道她这样说是故意还是无心。他们请她来吃饭是因为我，可我拿不准怎么对待她。她穿着一身漂亮的蓝色丝绸套装。我的在场好像对她没有丝毫影响。其实，最初她都没理睬我，不过她关注了应该会更糟。比利问我要不要再喝一杯。

"你打算在这里待多久？"艾利克斯问。

"就几天。你不是说在法国吧？全部吗？"

"没错，在法国。"

"我不知道，"我告诉她，"已经比预期的要长了。"

"喔，这么说你喜欢这里了。"她说。

我没法回答这个问题。最后只好点点头。我说：

"是的。"

她转向克里斯蒂娜。

"他人挺好。"她说，然后开始跟大家说话，把我扔在一边。

我们去吃饭的时候，我紧张地想跟她玩这个游戏。有她陪伴会让人很激动，但我总有点害怕她下一句要说什么，这样的担忧弄得我不知所措。她跟我一样高，肤色极佳，毫不苍白。我说不上她有多大。可能二十六岁。我根本没法问。我和比利下楼去开车时，他告诉我她已经结婚了。出于某种原因，这让我感到放松了许多。

"她嫁给了特迪·莱特尔。"他说。

"谁？"

"特迪·莱特尔。你不认识他？"

"不确定。他是什么人？"

"噢，你认识他。"比利说。

"我认识？"

"你还真认识，"他说，"打曲棍球的。"

接着他讲了些我没听过的事情，可我们已经到车库那层了。

我们在卡尔瓦多斯一个点满蜡烛的房间吃晚饭。我注意到她很认真地看着菜单，甚至饶有兴致，但菜上来后其实又不当回事。吃到中途，她告诉我她想喝依云矿泉水。我试图寻找侍者的时候，她继续和克里斯蒂娜聊着。一个夜晚，一个我迷醉的长夜，即将开始。这个夜晚将以执意寻找我们上次在香榭丽舍大街附近的夜总会里见到的那个黑人女子而结束。比利认为，我和艾利克斯得见见她。

"我见过她。"

"可是艾利克斯没见过。"他说。

比利看着像个斗牛士，艾利克斯说。她对比利满怀嫉妒。他会始终那么漂亮。她用手托着下巴，直勾勾地看着他。不会，他说，然后又点了杯葡萄酒。他连走路都像斗牛士，她说。克里斯蒂娜似乎觉得那很可笑。

没找到那个黑人女子。我们从这里走到那里，巴黎到处洋溢着树木清新的味道。没有找到她，但最后却找到个穿着用花朵做的裙子的女人。房间挤满了人。艾利克斯跳舞时跟我靠得很近。

"你真的在那里待了一整个冬天吗？"她说。

"是的，怎么了？"

"我一直在想这事，就这么回事。"

"你让我有点尴尬，"我说，"谈论这事没那么有趣。"

"可是你喜欢那里。"

"是的。"

"你肯定爱上什么人了。"她说。

"没有。"也许这时稍微停顿了下。

"噢，"她说，"肯定是这样。你找了个女孩子。"

她第一次冲我笑了笑。我们终于相遇了。

"就是这么回事，不是吗？"她说。

"不是。"

"噢，你在撒谎。"

"我没有。"

"你找了个法国小姑娘。"

"我很惭愧，但的确没有。"

"她们可是很不错的。"她说。

"我相信。"

回到桌边，她告诉大家我已经坦白了。在谈一场疯狂的恋爱，她说。

"不是街对面那女人吧？"克里斯蒂娜说。

"皮考特夫人？"

"对吗？"比利开心地说。

"不，不。她都快结婚了。"

"我以为她早结婚了。"克里斯蒂娜说。

"她离婚了。"

"那个小城荡妇。"克里斯蒂娜解释说。

"她要跟谁结婚?"比利说。

"哦,一个学生。我不知道。我没见过那人。"

"你呢?"他说。

"什么都没有。那是艾利克斯编的。"

"得了吧。"

"真的没有。"我感觉自己像个傻瓜。

艾利克斯微笑着。表演又开始了。

"跟另外那个歌手一样,我也不喜欢这个。"克里斯蒂娜说。

我们最后出来时天空还黑着,但它的统治已经结束了。夜晚过去了。我们开车回到他们家。比利打开所有的灯。他坚持要做早点,手里拿着巨大的平底锅在厨房里走来走去。他往锅里打了十二个鸡蛋。

"做点烤面包怎么样?"他说。

我甚至都不饿。他给了我一只碟子,上面盛着一大块黄油,直接从冰箱取出来的。太硬了。我试着涂黄油时把面包片都弄破了。他往鸡蛋里倒了点牛奶,又放了些伍斯特辣酱油。

"想要什么样的?"他问我。"老的还是嫩的?"

"都行。"

他看着色泽。

"还得加些牛奶。"他说。

在那个长长的、装饰得富丽堂皇的大客厅里,女人们坐在沙发上。外面差不多天光大亮。房间的明亮和窗户的泛白让人感觉好像一场漫长的危机结束了。她们的手在活动着。我能听到手掌拍打在手腕上的声音。我在她们跟前坐下。

"你们在干什么?"

"掷硬币呢。"克里斯蒂娜说。

她们比较着硬币。她们玩得这么郑重其事,有点不真实。

"我们在为你掷硬币呢,"她说,停顿了下,"领先一个。"

谁都没有看我。她们又开始捉对比赛了,互相把手腕靠到跟前。克里斯蒂娜突然爆发出神经质般的大笑。

"谁赢了?"我问。

没人回答。

"五局三胜。"艾利克斯突然说。

"好吧。"

硬币在空中弹飞。克里斯蒂娜的那枚硬币掉了。我感觉帮她找来好像不合适。她在暗色的东方地毯上搜寻着,硬币就是在那里不见的。

"在咖啡桌附近。"艾利克斯说。

"哪里?"

"就在那条腿的里侧。"

克里斯蒂娜双膝跪下,手脚并用地寻找。

"正面朝上。"她说。

比利出来宣布一切准备就绪。

"你掉了什么?"他说。

"嗯?"

"你刚才在哪儿?"艾利克斯说。

巴黎五点钟的晨光里,我们在餐室坐下。靠墙放着一个巨大的桃红色碗橱。镜子反射着晨曦。那张桌子大得足以围坐十二个人。比利端来大浅盘,上面堆满了鸡蛋,气味很冲。

"这是什么?"艾利克斯说,随手取了一小份。"鸡蛋?"

比利坐在桌子一端。他盯着她。开始喝东西时他又变得十分严肃。克里斯蒂娜开始大笑起来,怎么都停不住。她自己动手拿吃的东西时又忍不住笑了。艾利克斯也加进来。她们发狂般地大笑不已;无法抑制的、哭喊般的大笑。鸡蛋从公用勺里洒落到桌上,克里斯蒂娜想捡起来。这时她连自己的手都没法控制了。她都不能看艾利克斯。两人渐渐安静下来,但不管从她们谁那里发出无论多么细小的声音都会再次引爆大笑。

"什么事这么好笑?"比利说。他甚至都没笑过。

"没什么。"话音刚落,笑声又炸开了。她们笑得太凶了,简直会伤人。

"你们不想吃点鸡蛋了?"比利终于说。

"什么?"克里斯蒂娜小心地说出这个词。

"我说你们不想吃点鸡蛋了?"

她慢慢地摇了摇头,说不吃,然后又说吃。

"做得挺有意思。"她说。

"真的?为什么?"

"我从来没吃过这种味道的鸡蛋。"她试图变得严肃些。艾利克斯开始笑了。

"真的吗?"他说。

"是你做的吗?亲爱的?"

"你真有趣。"他说。

她站起身,打开碗橱的抽屉寻找餐巾。比利把盘子递给我。鸡蛋颜色很深,几乎是褐色。看着像凝固了。

"我觉得不赖。"他说。

克里斯蒂娜突然在他后面做了个猥亵的手势,一只手放在她洁白的胳膊弯里。这个动作如此刻意,我觉得不可思议。比利仍然俯身看着自己的盘子。

"挺住。"他警告说。

"什么意思,宝贝?"她问道。

"你会懂的。"他说。

克里斯蒂娜回到桌边时又开始唱起歌来。不知怎么这让我有些害怕。我已经浑身没劲。我不知道该如何展露笑容。

"你都不想尝尝鸡蛋?"比利说。

"当然要,"她说,"我很喜欢。"

"这些鸡蛋没什么问题。"他单调地说。他有条不紊地吃着,同时看着她。他啜了口咖啡。

我尝了口鸡蛋。味道像盐。克里斯蒂娜给大家发餐巾的时候，绕着桌子走来走去地哼着。

"艾利克斯？"她温柔地问。"再来些鸡蛋？"

"坐下，行吗，克里斯蒂娜？"他说。"你不想吃了？"

"你很漂亮，"她说，"我爱你。"

"继续说。"

"我爱鸡蛋。要再来些鸡蛋吗？"她问我。

桌上每样东西都有剩余，各自盘子里没吃掉的部分，咖啡，烤面包，都剩在那里。用人起来后会全部处理掉。

在明亮的晨曦中，我打了辆出租车送艾利克斯回家。距离不是很远。我们穿过人行道时，黎明的气息凉爽而纯净。她已经很困。她说了一两句话，面带一丝疲倦的微笑，就让我离开了。门关上了。锁的声音听着好像日子过得井井有条。

我步行回去。街上寂静无比，没有一辆车，没一个人走动。淡白的天上没有一只鸟。仿佛走进昔日了。什么都没有改变。没有丝毫人为的噪音。在那个拐角，一家他们偶尔会去的咖啡店的橱窗里，一只猫在睡觉。很大的一只猫，柔软得像一个梦。我在那里站了片刻，在这个城市苏醒前醒过来了。我想沿着那条河走回去，整个身体却像干枯的木头。我转身走到他们住的那条大街，一条宽敞的大街，凄楚空旷，以我目力所及，人行道上也空无一人。

27

他们还在床上,窗户敞开,迎着早晨的凉爽。她脸上没有化妆,皮肤也没有光泽。她早晨的样子看着很平庸,年轻,没什么出路。然后,我那样看着的时候,他们几乎同时醒来,像两个演员,像咖啡馆里睁开眼睛发现我在透过玻璃窗看着它的猫。她的气息并不好闻。我的想象总在自我重复——我无能为力。我累得睡不着觉。它们向我挤过来。它们反反复复地来了又来,我死活挣脱不了。另外,也无处可去,它们会追随我进入梦中。

"早上好。"她说,亲吻着他硬邦邦的家伙。

"他从来不笑。"她说,眼睛望着它。

"有时会。"迪安含含糊糊地说。她的嘴很温暖。我试图寻找黑暗之地,一片空虚,可他们太明亮了,他们身后是白色的天空,身体开放又新鲜。他们太天真了。他们就像我自己的孩子,他们表明了一种没有理由的爱,这种爱事实上不会存在,除非她懂得如何把很多事情变为现实——从最本质的意义上讲,这是她唯一真正的独特之处。她的嘴在长长的、甜美的范围内活动着。迪安感觉自己快要坍塌,快要瓦解了,而我像某个军乐团里吹奏萨克斯的乐手,爱恋着一个影后。我眼神温柔,失魂落魄,在中场休息时迈着拙劣的步子走来走去。我的思绪乱飞。指挥棒在半空中挥舞。整个体育场坐满了人。在她开着辆崭新的轿车慢慢绕场兜圈的时候,我迈着步子转来转去,记录着时间。我是她父亲经纪公司的职员。我是送来很多束鲜花的那个年轻侍者。我是个外国人,边接电话边琢磨着是谁打来的,原来是警察。起先我听不懂。他们只好重复了几遍。片刻间我转而联想到:一场事故。一辆机动车……

去桑斯的路上有段上坡,接着,突然之间,在下坡那段紧急刹车留下一百多米远的沥青痕迹。那条路弯弯曲曲。玻璃碎了,好几辆摩托车停在那里,人们围聚在残骸周围。一辆车丑陋的底盘翻露出来,冲着天空。车轮不动了。一个戴着白色皮手套的警官向司机们挥手示意通过。人们俯身想看看车祸残骸下面的情况。没人着急。每个人都不慌不忙的。只有几个小孩在草地上奔跑。

"是辆雪铁龙。"迪安说。一辆摩托车在它下面被撞得稀烂。他们慢慢从旁边开过去。这时,他们看到什么人的脚从旁边的树木中伸出来。硬化过的路面上留着好几条黑乎乎的血迹。

"这种车经常出事故,"他说,"我真不明白。"

"速度太快了。"她告诉他。

"雪铁龙?那种车不怎么快啊。"

"噢,挺快的。"

"你怎么知道的?你都没开过车。"

"它们经常超过我们。"她说。

这条路我很熟悉,通向塞通湖,他们经常去那里游泳。安－玛丽站在浅水中。她还戴着耳环和项链。她弯下膝盖让自己浸入水中,然后像只猫一般游起来,她直起脖子,昂着脑袋。过了会儿,她又站起来。

"你得教教我。"她对迪安说。

迪安想给她示范浮水姿势。用嘴巴吐气,他告诉她。不行。她不愿弄湿头发。

"不弄湿可不行。"

"为什么?"

"听着,"他说,"不湿头发你是学不会的。"

她耸了下肩。有点不以为然——她不在乎。迪安站在齐腰深的水里等着。她没动。她像个年轻的小偷般闷闷不乐。

"把耳环摘掉吧。"他温柔地说。

她摘掉耳环。

"现在按我说的来。别怕。把脸放进水里。"

她没动弹。

"你想不想学啊?"

"不想。"她说。

他们在车后面穿上衣服。周围没别人。海岸附近的水面被水草隔得支离破碎。皮座很烫,迪安发动起引擎时,小鸟从岸边的草丛里斜飞出来,掠过湖面。

他们在蒙索什的一家小客栈吃了顿饭。星期天。一切都静悄悄的。迪安坐在那里向外望着大街。这顿饭很安静,吃完后无所事事。他感觉自己像是在照顾一个孩子。他想着别的事。那天似乎很漫长。他们开着车——迪安放下车篷,朝纳维尔方向开去,风沿着弧线吹进来,太阳照在他们的背上。他开始有点犯困。他们把车开到路边停下来。

他们躺在树下。松树。很安静。干枯的松果在微风中咔嗒咔嗒响着。树枝的影子掠过他们的脸。迪安紧闭双眼。他几乎睡着了。

"菲利普。"他听到她在说话。

"嗯。"

"有时候我想在树林里做爱。"

"你从来没这样做过?"

"没有。"

"奇怪。"他说。

"你做过?"

"嗯。"他撒了个谎。

"我从来没有。感觉好吗?"

"嗯。"他说。这是他睡着前记得的最后一件事。

他醒来时感觉有些冷。他坐起身，搓着前臂。皮肤上留下草压过的皱痕。身上还沾了几片干草。

他们漫无目标地走着，她随手拍了拍裙子后背，两人朝一条小溪走去。那里有座小铁桥。他们站在桥中间，下面的水缓缓流动。有些地方清冽可鉴，你可以看到水底。阴影处还有鱼，一动不动。水在鱼身边流着。

"你能看见鱼吗？"她说。

迪安往水里丢了几条小树枝，轻轻地碰到水面后就漂走了。

"我们可以去抓鱼。"她说。

几条树枝很轻，好像从他的手指间飘了下去。

"你想抓鱼吗？"她说。

"不想。"

"不？"

"太残忍了。"他说。

"它们感觉不到。"

"你怎么知道？"

"噢，它们就是感觉不到。"她说。

鱼还在那里流连，跟水流的方向保持一致。零星的几条鱼漂过白白的浅滩，那段水特别清澈，然后游向深水，消失了。

"为什么要抓鱼呢？"迪安说。"它们很开心。"

"等让白斑狗鱼吃了就不开心了。"她说。

"哦，我还正想成为那家伙呢，"他说，"一条白斑狗鱼。生活在水里。"

"他们会逮住你。"

不会,他摇摇头。

"会的,有的会被逮住。"

"不会是我,"他说,"不会,我会是那个很聪明的白斑狗鱼。"

"好吧,"安-玛丽说,"那我就做你的小烤叉[1]。"

水流得非常慢。迪安抛了块小石子。水面荡漾开来。那我就做你的小烤叉。这其实就是他们努力想过的安安静静的家庭生活。他忽然察觉到这点。这句话像根金属丝般刺痛了他。安-玛丽笑着。她又开始变得美丽起来。她怎么会不断变化,这始终是个难解之谜。傍晚时分,在金星咖啡馆,他的目光几乎没法从她身上挪开。她做了头发,脸上化了妆。她给他的面包涂上黄油。

"行吗?"她说。

迪安咬了下她的手指。夜晚发情的时刻像风帽一样兜头罩下。迪安能感觉到它正在降临,改造着他的肉体。

他们爬上楼梯。像平常那样,她走在前面。她的小腿在他面前晃悠,抬脚,登上狭窄的台阶。她用钥匙打开门。迪安的阴茎开始骚动。后来,等到他把枕头对叠起来,她用胳膊肘撑起身子,他的精神已经挣脱束缚,肆意徜徉,就好像再也无法被召回到身体里。他开始老想如果没有了她会怎么样。他抑制不住这个念头。

---

[1] Brochette,烤肉用的小叉、铁扦。Brochet,白斑狗鱼。

像病人的咳嗽，虚弱感油然而起，让他感到害怕，那是一种无形的缺陷。他怀着某种突如其来的、无言的激情紧紧抱住她。她的后背就在他身体下面，连描述后背的这个词都很美，dos，她永远看不到的后背，那光滑聪慧的后背，像看着一张桌子，他不知道盯着看了多少小时。他在黑暗中耸起身想好好欣赏它。他之前忘记过。那天的每一分钟似乎都融合到了一起。他想让这些分分秒秒放慢，想让这个甜蜜的结尾持续下去。

28

法国上空下着一场巨大的夏雨，雨打在树上，树叶发出铁皮一样的声响。墙壁因为浸了水而变暗。阴沟里的水在奔流，街道被遗弃了。雨从黄昏时分开始。九点的时候，还在继续往下泼洒。

他们在多尔。他们从一家不起眼的咖啡馆的窗户往外看着，两个人在那里已经坐了一个多小时。对面有个空空的停车场，不是很大。里面正竖起一套奇怪的器械。一根高耸的电线。两根长长的木桩支在地上。几个人还在雨中工作，检测着电灯。对过那些楼房的正面一次又一次在蓝色的泛光灯中显露出来，但是悬在黑暗上空的电线本身却看不见。屋顶上，烟火像花朵般突然无声绽放。

那里要举办本地的露天游乐会。本来会有一群人，可是雨将他们赶走了。现在，只有几家人挤在帆布遮篷下面。另外一些人坐在车里。灯光再次熄灭。广场深陷在黑暗中。

咖啡馆并不空荡。一张桌边坐了三个男人,还有一个穿着雨衣、露着下面两条白腿的杂技演员在吧台边等着。他的脸色不太好看,已经在那里等了很长时间。过了会儿,老板给了他一杯喝的。谢谢。现在杯子已经空了。他孤单地站在那里,一个三十多岁的男人,外衣披在肩上。

安-玛丽用一种倾诉秘密般低沉的声音开始描述起这个人来。他是城里人,来自巴黎一个穷人区,她很了解。他有个女儿,她说,一个跟着他四处奔波的小女孩。妈妈跑了。他们一块儿走遍了法国,只有他们两个。住最廉价的旅馆。小女孩没有朋友,只有她父亲。说到玩具,只有一个洋娃娃。她平常总是安安静静,从不说话。迪安没有听出这个著名的故事。他瞧了眼那个男子疲惫的脸。那个孩子正在楼上睡觉。这一切在他看来真实得有些苦涩,像篇早已在他心中预留了位置的小说。

外面,他们已经完成了准备工作。他们走进咖啡馆里来就想说这个。那个杂技演员好像有点奇怪地置身事外,他们也没有停留片刻陪他待在一起。你有种感觉,好像还有别人存在,一个剧院经理,一个大家都俯首从命却看不见的人。

那个杂技演员又接受了杯酒。迪安谨慎地观察着,有些害怕自己看到的东西。不祥的预感突然袭来。整个那套装置:条条串起彩色电灯的拉索,从黑暗中升起的纤细的撑杆,看不见的平台——这都不过是他们正在安排的一场死亡。他对此确信无疑。

他能感觉到这种确信就在他的胸膛里。

那位杂技演员始终没说话,一句话都没有。他几乎动都没动。可能有人就喜欢他这种消极和顺从,就喜欢那张吉卜赛人黝黑的脸庞。如果雨继续下个不停,可能就没法演出。雨势来得很重,几乎没有变化,鼓点般敲打着外面那辆早已湿透的轿车的雨篷。只有寥寥几个人还在等候。

迪安点出付账的钱。法郎的硬币好像亮得不同寻常。他把钱放在盘子里,钱币发出轻微的牙齿磕碰般的响声,很清脆,就在这个刹那,他意识这声音被听到了,惊醒了吧台边那个孤独的出神的人——他抬头看了眼,不过,没有,杂技演员没有注意到什么。他注视着那面镜子。那两条穿着白色袜子的腿,白得像面粉,在脚踝处交叉着。练功鞋都破了,可他没有表面看上去那么简单,这个人。他是个特工,一个间谍。他选了一种伪装,穿着那东西活动起来很紧张,就像普通人群上方的聚光灯里一只苍白的飞蛾,但这纯属臆想。他要远比这个重要。迪安知道。他看出来了——但没法解释。其实这甚至都与她无关。完全是冲着他来的。得知表演被取消时,迪安毫不惊讶。没关系。表演本身不过是顺带的事。

"在这儿等着,"他说,"我去取车。"

他消失在雨中。安-玛丽就站在门口,直到那辆车带着罕见大气的优雅开到跟前来,车头灯亮着黄光,反射在咖啡馆的玻璃窗上,雨刷慢慢地刮着。她向车跑过去。他斜着身子横过座位替她打开车门。他的脸庞和头发都湿淋淋的。她匆匆上了车。

"这雨真是太大了！"她说。

迪安没有马上开走。相反，他试图透过移动的玻璃最后看眼咖啡馆里面的情况。吧台前不见有人。杂技演员已经走了。

他们穿过一个不知名小镇的大街。雨像沙子般往下倒灌。看着仪表盘上的绿灯，他感觉自己像罪犯一样无家可归，孤独凄凉。她用手指轻轻擦着他淋湿的脸颊。他们无处可去。他们是这里的陌生过客。整个镇子都对他们大门紧闭。他的心里忽然充满了会在什么地方被发现、被抓住、被带走的暗示。甚至都没有机会跟她说句话。他们会被隔离开来。两人失去彼此的音讯。在这个拼接起来的梦中，他想大声喊叫，想告诉她应该去哪里，应该怎么办，可是情况太复杂了。他办不到。她已经走了。

某种逼真的绝望感席卷全身。他没有钱真的跟她逃走。他们被关押在小小的欧坦，逃走一两个晚上没什么关系，现在，没错，他知道了，他们已经被发现。迪安对此确信无疑。至于我，回想起来，也觉得他是对的。那个杂技演员已经消失在法国的村镇，可能已消失在整个欧洲的夜晚。那辆德拉奇在街上显得孤零零的。当它缓慢地穿过黑夜时，你不需要跟踪——在任何地方都能被认出来。

迪安很沮丧。他在旅馆房间脱衣服时很小心，放下去时好像那些衣服不是他的，好像要被烧掉。下了那么大的雨，晚上很冷。一股冷气窜过他赤裸的身体。他感觉瘦弱得像个孤儿。过去已经消失，他害怕未来。他的钱放在桌上，黑暗中，他走过去数了数，只数了纸钞。他拿起叠好的钞票。硬币四散开来,有的还掉到地上,滚走了。他听着声音,但不清楚滚到哪个方向去了。安-玛丽走到他后面,同样赤裸着身体。他突然僵住不动了,像车前灯照射中的一只兔子。她的胳膊悄悄搂住他,用身体触碰着,她那尖尖的乳房,那团柔软的阴毛,都变成某种致命的折磨。他们互相抚摸着,在黑暗中苍白如胚胎。

她想挪到一把椅子上。迪安找了把椅子,她弯着腰趴在上面。她的乳房甜美地悬着,像低垂的树枝,像一把把握在手里的钱。他的双手滑到她纤细的腰上。开始节奏很慢,她的呼吸像是沉到了一个浴盆中。除了泼洒的大雨,听不到任何声音。

早晨,天安静下来了。他醒来时感觉好像一场高烧退了。欧洲恢复到它真实的尺寸。那些不朽的城市沐浴在阳光中。大河在流淌。他的阳具肿胀,她一睁开眼睛,就把手伸过去。他在自己的衣服中找着那只压皱的铅灰色软管递给她。她不动声色地看了眼。她拧开盖子的时候,他踢掉被子。她开始为他涂上。那股冰凉激得他要跳起来。然后,她翻过身来,在充足的光线中,他慢慢地插入这份闪闪发光的告白。她的额头压到床单上,紧闭双眼。迪安几乎没有注意到。终于,他长驱直入。他静静地躺着。

"你想读点什么吗?"

"什么意思?"

"阅读,一本杂志什么的。"

"好的。"她含含糊糊地回答。

他们挪到床边。有本旧的《真相》杂志。他拿过来，放到地板上。她垂下脑袋，开始翻起书页。迪安越过她的肩头看着。那是星期天早晨。十点。只有偶尔翻动书页的柔和的声音打断寂静。她翻到一篇关于波纳尔[1]绘画的文章。两人一起读着。他等到她读完那页。他又温柔地开始了。

"不太润滑。"她说。

他小心地抽出来——她几乎粘在他身上了，感觉如此——她又多涂了些，在被单上擦了擦手指。它进去了——她安静地躺着——杂志某一页上展示了代表十四种女性魅力（天真、神秘、自然，等等）的照片激起了他的兴趣，他开始进进出出，发疯般深深地撞击起来。法国沐浴在阳光中。店铺关着。教堂里坐满了人。在每个城镇，餐馆锁着的门后都摆开了桌子，准备午餐。

---

[1] Pierre Bonnard（1867—1947），法国纳比派代表画家，被誉为二十世纪最伟大的色彩画家之一。代表作有《逆光下的裸女》《用早餐的房间》等。

29

你把这个世界看得越清楚,就越有必要假装它并不存在。奇怪的是,和她在一起的时候,我发现自己几乎完全沉默了。貌似什么事都可以倾谈,可就是难以启齿。五月,迪安去巴黎那几天,我带她出去吃晚饭,那是美妙的无穷无尽的夏日。阳光渐渐暗淡。满世界是幽蓝的城市,芳香,神秘。我们在酒店吃的饭。在她谈论迪安的时候,我不时朝她微笑,像个愚蠢的叔叔。我真的不太感兴趣。这次会面的情境完全不对。我知道她是什么人。我准备坦白,像个信徒般拜倒在地。那将是一个可怕的时刻。她可能会彻底拒绝。更有可能,她不会理解。她只想知道他的父亲和妹妹会怎么看她。他们会觉得她好吗?

"我敢肯定他们会觉得好。"我说。

"他从不谈论自己的父亲。"

"嗯,他父亲是个评论家——你知道。是个非常优雅的人,我猜。"

"没听懂。"

"我是说他很优雅,非常善于交际。"

"尽管如此,"她说,"他可能觉得我不错。"

"当然了。"我为什么不告诉她真相呢?

我们坐着吃番茄沙拉。鲜艳的薄片上撒满香菜屑,上面的油脂闪闪发亮。我在想她是不是觉得自己太普通了。她知道迪安的妹妹要来这里看他,而迪安坚持要在巴黎见她吗?当然,她是知道的。有时我坚信,她什么都知道。无论如何,未来不会让她吃惊。未来很大部分已经存在了——我以前就说过这话。

"再来点番茄?"她说,提出要给我夹菜。

她给自己添菜,嘴唇油光发亮。我们对面是对英国夫妇。两人都很年轻。男子长着干枯的红头发。女子脸蛋瘦削,显得羞怯。她的衣服看着像墙纸。他们坐着,保持着绝对的英国式沉默,看着菜单,好像那是份合同。安-玛丽用纯正得让我吃惊的口音轻声说:

"我弄疼你了吗,亲爱的?"

"什么?"

这是迪安跟讲她的一个笑话里的说法。她的脸洋溢着淘气的开心。可我不知道故事背景。她用小丑式的胸有成竹讲了出来。这是他说的,她解释道。他们一起在床上的时候。然后,她就说,没有，为什么？他说：你动了。她的微笑带着探询的意味。

"我讲得对吗？"她问道。她想看看我到底开心了没有。我喜欢她对这种英国性生活的蔑视。

迪安在加来，他的车停在拐角过去的那个大广场上，已经有张白色的违规贴条夹在雨刷下面了。他跟妹妹共住一个房间，而且感觉很舒服。他急需钱——一切都有赖于这笔钱——而妹妹却想谈谈他的生活，他未来的生活，就是这样。她知道他会恼火。

"好了，别生气了……"她说。

"噢，艾米……"他这样开始了。他非常清楚怎么开口。她主动亮出牌，就像一个向爱情投降的女人。他完全准备好面对未来的这种生活了，迪安说。还不止如此，这样的生活已经呈现在他面前了。这几个月已经发生了巨大的变化。对他来说，这几个月就像荒野，他怎么解释好呢？她突然想拥抱他。她感觉解脱了，而且略微有点内疚。

"你当真吗？"

"它改变了我的生活，"他说，"它正在改变我的生活。"他笑了笑。他爱她。有时她就像个玩具。

"可你都在做些什么呢？"

"不见任何人，"他说，"过着一种小镇生活。可以这么说：杜绝这一切，杜绝喧嚣。现在，还应该是什么样子呢？"

"哦……"她表示同意。

"生活是由某些基本要素构成的，"他说，"当然，其中有很多龌龊的东西,这些东西会让人误入歧途。"

他向来喜欢教导妹妹,她严肃地听着。

"我说的这些听起来可能有些神秘主义色彩,但是,在每个人内心,艾米,在我们所有人的内心,都有寻找那些基本要素的欲望,想探索它们,你知道吗?有时我想,这些对我们所有的人都一样,但有可能不是这样。我的意思是说,我们看到希腊人就说,噢,他们用某些简单的东西建立了这个文明,整个灿烂的世界,我们为什么就不能呢?就算不是建立一种文明,我们每个人为什么就不能经过适当的指导,建立一种生活,我是说幸福的生活呢?相信我,这些基本要素是存在的。当你走进某些房间,当你看着某些面孔,你会突然意识到你在他们当中。你明白我的意思吗?"

"我当然明白,"她说,"如果你能做到这个,那你就什么都有了。"

"没有这个,你也会——"他耸了耸肩膀,"过一种生活。"

"像人人都过的那种生活。"

"就像人人都过的那种生活。"他说。

"我可不想过那样的生活。"

"我也不想。"

"我永远弄不清你什么时候在骗我。"她说。

他慢慢地摇了摇头。

"我没有,"他保证说,"因为我想让你帮我个大忙。"

"什么忙？"

他没回答。

"回头再说。"他说。

她走进卫生间继续去打扮。迪安开始读起一本杂志。她梳着头发走出来。

"待会儿我们去哪里？"她说。

"我们得好好吃顿晚饭吧？"

"好的。不过，不要太贵了。"这句话让他有些发愁。他尽量不去理睬。

"我请客。"他说。

"你有钱吗？爸爸说你的状况非常糟糕。"

"我？"

"是的。"

"没有，"他说，"我有份工作。"

"有工作？什么？"

"家教。"他说。

"你从来没说起过这个。"

"嗯，这肯定不能让我发财。"

"他让我保证，无论如何不要给你钱。他认为你肯定会向我要些钱的。"

"他这样做好像我是你行为不端的丈夫。"

"不，他很担心你。"

"他的方式太奇怪了，"迪安说，"再说，我讨厌有关金钱价值的教导。有什么用？谁都知道钱的价值。我不想让任何教导强加到我身上。我不喜欢动辄给人上课的人。我们都是自由的。我们生来是要爱和彼此帮助的，不是来上课的。"

"不，"她说，"我想他只是要你……"

"什么？"

"过一种更正常的生活。"她下决心说。

迪安笑了。

"行了，"他说，"你准备好了吗？"

他们乘电梯下了一层，然后顺着走廊向前走去。

"金钱，"迪安说，"我来告诉你，在你没有钱的时候，那是很难清楚地思考问题的。这是我的一个发现。当然了，如果你钱太多的话，也很难清楚地思考。"

"这是肯定的。"

"人得多加小心。"迪安挖苦说。

他妹妹敲了敲一扇门。

"唐娜？我们能进来吗？"

"可以啊。"

唐娜是她大学室友。迪安发现她长得挺好看。一张动人的大嘴，两只灰色的眼睛。一个苗条女孩，像长跑运动员。她对他饶有兴趣。她知道他上过耶鲁。他认识拉里·特洛伊吗？她问了些诸如此类的问题。他温和地、几乎不确定地一一否定。

"你都上过什么课？"她问。

"好几门。"

当他告诉她自己没有毕业时，她发出小小的一声"噢"。不过这样做是需要勇气的，她又补充说，去过由自己做主的生活。只有一个真正独立的……迪安点点头。这些话他早就听过了。

他们一起走到街上。人行道很宽敞。停满了汽车的广场看上去大得惊人。他们几乎要迷失在这些空间里，抄近路朝那辆德拉奇走去。迪安从挡风玻璃上取下罚单，开始读起来。

"是什么？"他妹妹问。

迪安耸了下肩膀。

"因为停车吗？"她说。"你不用交钱。只是逗留下嘛。"

"瞧，什么车这么棒？"唐娜说。

"喜欢吗？"

"喜欢，"她说，"跟你很配。"

"你这么认为？"

"绝对。"她说。

闪烁的巴黎夜晚迎接了他们。黑暗复原了这部老车的优雅，开过几条大道后，他们朝荣军院附近的一家饭店驶去。晚饭花了八十五法郎。那是迪安手里仅剩的钱了。但是他却留下很大一笔小费。他这样做完全是机械的，毫不在乎，纯粹得像个输了钱的赌徒。他们沿着香榭丽舍大街走着，喝了杯咖啡，在圣心大教堂，城市的上空结束了这个晚上。到了唐娜住的那层，她说：

"今天晚上太开心了。这是我们这次旅游最棒的一晚。"

"真希望能让你多看看巴黎。"

"噢,"她说,"我也希望。"

"下次吧。"

"真希望我们能继续待着。"她说。

她慢慢走进过道,手里拿的钥匙像装饰品般晃来荡去。

早上,好像一切都变了。他的信心已经冷却。吃早饭的时候,他们谈到这天如何打发。凡尔赛宫是人人都要去的,但如果他们决定去的话,她更想开着他的车出去。或者应该他们自己出去,他们两个。如果他乐意的话,也可以带上唐娜。这时,迪安想要钱——否则他今天就熬不过去——可是她刚开始的回答就吓坏了他。迪安听到她说:你知道我多么爱你……我什么都可以做……

"艾米,"他说,"玩笑都放一边……"

"什么?"

"我真的走投无路了。"

她看着迪安,有点迷茫。

"我需要钱。"他说。

"噢。"

"我卖了机票。"

"你真这么干了?"

"没办法。"

"爸爸会再给你买的。"她说。

"我不想让他发现。我需要三百五十美元。"

她似乎为自己的回答感到难为情。

"我没那么多。"她说。

"你有多少?"

"我不知道,我真的不知道。"

"听我说,别这样。我是当真的。我是认真的,艾米,我的需要是……我需要钱。我需要钱回家。"

"你到底需要多少钱?"

"三百五十美元。"他说。

"我只有一百。我只有旅行支票。"

"我需要的比这多,宝贝儿。"

"我没那么多。"

"你能借到吗?"他说。

"说实话。你遇到麻烦了吗?"

"没有。没有。"他叹了口气。他看着艾米,然后又看着桌子。"你觉得你能借到吗?唐娜怎么样?"

"你会还吗?"

"肯定还。"

"我根本没法向她张口借二百五十美元。"

"她或许能拿出一部分。"迪安说。

"你真没有碰到任何麻烦?"

"没有。我真的非常需要笔钱,但我真没有碰到任何麻烦。

如果得不到这笔钱,我才会碰到麻烦。"

"那就是真的了?"

"不是,我只是开个玩笑。你瞧,问问唐娜怎么样?她会借给你钱,不是吗?"

"我想会吧。"她说。

"你可得帮我这个忙。"迪安说。

黄昏时分,他们在奥利分别了。从上层平台上,迪安看着她拾级而上。她在高处站住。最后一挥手。这架长长的、银光闪闪、座位舒适的飞机,是飞往美国的喷气式飞机。刹那间,他有种强烈的孤独感。他多想登上飞机,坐在她们身边。他不想自己一个人朝车走去。好像生活就要从自己身边逃走。

舱门关闭,然后封上了。一段死一般的寂静,然后引擎发动起来。她们在里面打开报纸。飞机开始滑动。他想确定妹妹在哪个窗口。可他离飞机太远了。面孔个个模糊不清。他看着飞机顺着一条长长的、仪式感十足的路线滑向跑道。飞机掉过身来。开始滑翔。一旦到了空中,它就宁静地、几乎有点不祥地飞起来,先是毫无预警地斜飞,然后又水平飞翔,沿着看不见的航线飞向天空。

他数了数那笔钱。三百五十美元,里面几乎没有法郎。他仔细叠好,然后又放回口袋。她答应还会再汇五十美元。

德拉奇沉稳而持久地冲刺着,只有穿过城镇的时候才会放慢速度。他毫不疲惫。这次行程好像是最短的一次。不管经过什么东西他都不减速,往外一摆,飞驰掠过,时而上山,时而下坡。最后,他终于到了。刚过十一点,房屋都已经黑了。他像只猫似的跑上楼梯,轻轻地敲了敲门。她一直在等着。

30

大街上，凌晨，那辆车敞着车门躺在那里，像条船。这个镇子像一个港湾；河水如同玻璃。他们挂着空挡，顺着无声无息的道路悠然行驶时，听不到任何嘎吱声，任何咳嗽声。乡下的空气凉爽又甘美，虽然明亮但仍然等待着阳光。他们无言地行驶着。他们仍然昏昏欲睡。走了二十英里后，安-玛丽说了一个词。

"哎哟。"

"怎么了？"

她忘记拿上套装的上衣了。

"噢，老天。"迪安说。

那件衣服放在房间里。他放慢速度，在草地路沿上停住车。

"别。"她说。

"你想回去拿吗？"

她摇摇头。

"不。"

他又慢慢发动起来走了。她无奈地耸耸肩。她不想看着他。

"你真不想回去拿了?"他说。

"嗯,"她说,"我们已经出发了。"

"这是一场伟大的出发。"

她大笑起来。迪安终于也笑了。这是他们最后的旅程。他们闪电般驶过各种林荫道,不断有小镇在前方展开,起先都没精打采,仍然在沉睡中,但接着,就看到猫和零零星星的人,到奥尔良的时候,天已经大亮。这是个令人印象深刻的大城市。看来这天会很热。迪安穿过广场去买些面包和黄油。他们在明媚的阳光中停下车吃起东西来。绿色巴士轰隆隆地从旁边驶过。游人穿着短裤溜达过去。面包屑掉到她的膝盖上。她从来没有像现在这样开心过,也从来没有像现在这样习惯真皮车座和海边旅行。在早晨明媚的阳光中,她眯着眼睛。她不停地活动着双腿——皮子太烫了。

他们真的结婚了。那天晚上她同样会对他说:他们选了个好时机,那时做爱安全,就在那天开始一起生活。那是在昂热。吃过晚饭后他们在大街上散步。在迪安看来,这个城市像是外国的,让人联想到西班牙,灰灰的,散发着树木的味道。人行道在光秃秃的地面中间铺过去。看起来不像是法国。连咖啡馆都很陌生。成双成对的人们说着他听不懂的语言。

那天他们已经去过城堡了。花两法郎他们就可以跟着一个背诵着小段历史解说词的导游在那些阔大的房间穿行。人群中有满头白发的夫妇，穿凉鞋的游客以及中学教师。一个美国女人带着她的两个穿着亚麻裙子的女儿。有人用德语小声嘀咕着什么。导游立刻把一份旅游安排的翻译材料塞到他们手中，像张菜单。他们表示抗议，说自己懂法语。导游只是微微一笑。迪安站在这群人的边缘，安-玛丽已经走到前面不远处了。

"菲利普，"她喊道，"过来！"

导游继续往前走，大家都在后面跟着。

"讲法语！"迪安靠近时说。

"为什么？"

她玩得很开心。他们走出去来到阳台上，这幢建筑陡峭的正面从这里延伸下去。他们在昂布瓦斯[1]，高出这个镇很远的上方。迪安拒绝说话。他不想被当作美国人，不想让导游塞份翻译材料，这会儿导游正在解说过去几个世纪以来这里发生的事迹。安-玛丽吓坏了。

"太可怕了。"她说。那条路往下有几百英尺。即将被吊死的清教徒会看到一个完整的世界呈现在他们眼前，天空，大河以及这个小城的屋顶。"那个年代，他们是很残酷的。"

---

[1] Amboise，法国中部历史重镇，位于卢瓦尔河畔。著名的昂布瓦斯皇家城堡曾是文艺复兴时期法兰西宫廷所在地，古堡临河而建，可以居高临下俯瞰小镇和卢瓦尔河。

"我倒很想见识下。"迪安说。

"别。这让我难受。"

美国女人的一个女儿已经听到他们的谈话了。她转过脑袋。他看到女孩在跟母亲小声说着什么。他想磨蹭到后面去,可是安－玛丽不让。

"菲利普,快点。"她说。

"我会杀了你!"他小声说。

她只是笑了笑。

混在傍晚的车辆中,他们到昂热时已经很累了。人们正在买东西,下班后开车往家赶。空气中有一股凉爽的树叶的味道,以及花的气息。他们找了个小旅馆。大门在一条窄窄的街上——他们卸下行李后,他必须要找个地方停车。

迪安把被单拉到自己身上时感觉微微有些发凉。可能是太阳的缘故。他安静地躺着。房间空荡荡的。他看不出里面有任何东西,没有一点色彩,没有一根线条。忽然,他害怕起来。他开始在脑子里算起自己带的钱来。他先留出一些,五百法郎,还有一笔调校引擎的修理站账单。他们买了几件衣服。他把这些都加在一起。他决定把两百法郎放在车垫下面。那样大概就剩七百——他又加了一遍——差不多就是这个数了。每次加油要四五十法郎。他试着算了算里程。也许他们不应该走这么远。

听到钥匙的响声后,他稍微睁开点眼睛。安－玛丽在洗澡。她穿着迪安的棉袍。她站到床边时解开腰带。棉袍敞开,落到地上。看到她新鲜的裸体，他甚至感觉害怕了。忽然，好像很清楚，一切都像杂耍似的，一切都那么危险。他在过的好像不是他自己的生活，而是别人的，某个牺牲品的生活。它会全面崩溃。他将来得找工作，交房租，每天步行回家吃午饭。他忽然感觉很虚弱，不再相信自己了。她溜进被窝。他感觉一种致命的恐慌袭遍全身。他躺着一动不动，双眼紧闭。

"你睡着了？"她温柔地问道。他不知道该如何回答。

"没有。"他有气无力地说。过了会儿，他又加了句，"我有点头疼。"

"可怜的孩子。"她摸了摸他的脸颊。他挤出一点干巴巴的微笑。

晚饭让他稍微恢复了点活力。她甚至喝了两杯葡萄酒，不过话说回来，这是在某种场合。后来，他们沿着那条大道，在黑漆漆的树下面散了会儿步。他们走到一家很大的店铺前，当然已经关了，但依然灯火通明。几个人在展示窗前徘徊着，有好几排冰箱，门开着，硬纸板制的箭头指明它们的特征。

"在美国这些东西更贵吧？"她问道。

"我从来没买过。"他的眼睛犹豫地转动着。型号的编码很神秘，价格好像很吓人。

"可你肯定了解。"

"我们走吧。"他说。

"我觉得这台挺好。"她指着说。

"太小了。"

"不小。"

"走吧。"

"够大了。"她说。

"宝贝,够了。"

"等等。"

"我一点都不想看了,太没意思了。"他说。

"又没别的事可干。你想去哪儿啊?想去跳舞吗?"

"想。"他说。

"噢!"她大喊道。

"真的,走吧。"

他们继续往前走,最后回到住的旅馆。餐厅很暗。桌子好像都是空的。

"你想叫点什么吗?"他说。

"不想,"她说,"太晚了。"

他从那个小板上取下房间钥匙,走上铺着地毯的楼梯。房间好像比以前还要简朴。他刷了刷牙,准备睡觉。

"别。"她说。你不能这样来开始婚姻生活。

"我实在太累了。"

"也许是因为跳舞的缘故吧。"她说。

他可能没有兴趣,但她知道对他来说什么最好。那就像一碗热汤。她让他脱了衣服,然后跟自己躺在一起。她开始抚摸他。他躲不掉她的手。最后,他开始顺从地做起爱来,他像个杠杆般来回推进。有点枯燥,这种应付了事的做法,但她忍了。她知道一个女人对这样的情况必须有所准备。

早晨,外面的光透进薄薄的窗帘。她握着它。她津津有味地亲了亲,作为一天的开始。现在,这是她的了,她说。

31

婚后那些日子。他们在大海上过着夫妻的极乐生活。房间很小,但是带个阳台,海水在下面轻柔地荡漾着。旅馆费用超出他们的承受能力。

早晨。她的头发散落在枕头上,被子拉到下巴前。外面,海鸟的尖叫声从宁静的空中飘过。我的丈夫,她叫了声。他笑了。

餐室,他们跟带着两个儿子的一家人坐得很近。母亲对孩子很苛刻——他们大约十五六岁,很难说——只许他们喝点葡萄酒。大部分时间,父母说话的时候孩子都僵硬地坐着。安-玛丽说她想要个儿子。房间充满了叉子的声音和面包的气味。一个儿子。

迪安盯着这家人。

"他会叫什么名字?"她说。

"我不知道。叫什么?"

她让迪安猜。

"让－皮埃尔。"

"不对。"

"马修斯？罗伯特？不会是菲利普吧？"

"不对。"

"不猜了。"

"德米特里。"她说。

他做了个手势。

"你捉弄我。"他说。

"什么？"

"耍我。"

"他会在美国接受教育到十八岁，"她说，"你父亲很了不起，[她会告诉孩子]不过偶尔会有点无聊。"

"有点无聊？"

"是的。"

"你是说我？"

她点点头。

"是我的儿子吗？"

她的回答很温柔：

"当然了。"

那两个少年看着他们，犹豫的目光落定片刻后又移开。安－玛丽很机敏，能感觉到他们的目光。她知道该在什么时候恰到好处地抬起头,然后迫使他们慌忙躲开。

婚后在海边度过的日子。他们在岩石上走到很远的地方。当他们转换视点的时候,旅馆和海岸蜿蜒的曲线,都从视野中掠过。他们来到一家很大的公寓楼前,海水在周围沸腾不已,不断吞吐和奔流着,在断层地带往上喷涌。她脱掉套装的上衣,然后躺下,先是趴在地上,二十分钟后又仰面躺着。太阳的沉默好像压制了海水的喧闹。迪安的皮肤很快就变得有点黑了。他的嘴唇有些干裂,但眼睛和牙齿的颜色却很白。他的脸上渐渐带上硬木般的光泽,四肢好像更健壮。泳裤下面是一片白色,像崭新的绷带。他的屁股像只苹果的果肉。

"你真漂亮。"她说。

后来他们又做爱,晒得略微发黑的皮肤有股海水的咸味。房间好像很安静,像放学后的学校。她在坐浴盆里放了个屁,声音微弱又可爱。她很尴尬。

"不好意思。"她说。

沉默。迪安闭着眼睛。他什么话也没说。她想他是不是已经睡着了。她看了看隔板。他安安静静地躺着,却忍不住流露出一丝微笑。她又爬到床上,盖好被子。她说感觉有点不舒服。她就要来月经了。

"好啊。"他说。

在那个长长的房间,总是在白天,他们会一直坐到吃完精心准备的饭菜,汤,鱼,肉,甜点,水果和葡萄酒,房间里面放了许多桌子,窗廊那边就是无声的大海。晚上,他们睡觉时好像归巢的鸟儿。雨水击打着窗户。迪安起来关上窗户,什么都没发现——不过是大海而已。

赌场有跳舞的,有二流电影。他们拿不出钱来赌博。再说,她也太年轻。她的身份证上写着。他们坐在旅馆空空的大厅里。傍晚的黑暗中,那里就像一个巨大的废弃邮轮。安-玛丽从整副牌中取出所有的小牌。她打算教他玩个游戏。他努力听着说明。他感觉脸庞紧巴巴的,像张干燥的纸。他的眼睛心神不定地从这件东西游移到那件东西上。他打着哈欠。他能看见铺着地毯的宽阔楼梯,人们慢慢往上爬着。那家人进来了,也许从影院归来,走上楼梯,两个少年看着垂头丧气,完全没有精神。灯光暗淡。过了会儿,因为盯看纸牌上数字的时间太长,眼睛开始疼起来。这些符号都很丑陋。黑桃上的黑色好像快掉色了。红桃变成了蓝色。带着鼓风而动的帐篷般悲哀的坚持,海水的边缘扑打着岸边,卷起又落下。他聆听的时候,那海涛声好像不断高涨,变得越来越响亮,想要盖过别的一切。

他们顺着暗淡的过道走着,地板在脚下呻吟。关着门的房间听不到音乐声,也没有人声。床单很潮湿。那些婚后的夜晚。迪安担心咸湿的空气会腐蚀车上的镀铬。他应该用什么东西罩住。这里没有车库——车停在旅馆后面,上面蒙了层湿气。早晨,太阳又会把湿气晒干。

他们在那里住了六天,不跟任何人说话,经常走到陡峭、布满松林的路上,去北边那个小镇,经过雄伟的家庭别墅,它们隐秘、安静,建造在山坡上,面朝大海。那些房子的园地都很漂亮,掩映在密林中。

  他们就像病人。他们的时间漫长而平淡。每天吃三顿饭。早晨,在去盥洗室的路上,走廊里摆满成行的早餐盘子,脏兮兮的餐巾,碎面包卷都扔在门外。病人都出去了,在阳光下缓缓散步。结婚好几年。早餐后,要过很长时间才吃午饭,整个下午……旅馆前的海滩上,孩子们的叫声高得像小鸟般刺耳。安-玛丽赤身裸体在屋里走来走去。光着脚,没有丝毫声音。一小截卫生棉条的白绳垂在两腿之间,微微卷曲。她的乳房颜色暗淡,但并不白皙。只有耻骨附近修饰得非常好看,好像是件衣服。

  大清早,又兴奋地把东西放进小车——迪安降下顶篷,车里充满灿烂的阳光——他们就离开了。

32

晚上,他们来到一个陌生的、破旧的小镇,像座巨大的疗养院:巴格诺斯[1]。法国到处散布着已经老化的温泉疗养院,它们的优雅时代早已过去,潮湿的旅馆不再人满为患,人声消失了,悠闲生活的各种仪式业已式微。他们沿着弯弯曲曲的道路开进去,从那个安静的湖边驶过。所有的建筑看起来都是空的。很像一座大型庄园,主人已经消失。尽管如此,它仍然开放,继续存在,仿佛主人还在里面。它就像一个年迈的房东,一间女继承人已经死在里面的套房。

黄昏时分,他们像鸟儿般优雅地兜着圈子,从那些破败的门

---

[1] Bagnoles,法国西北部温泉小镇。

脸面前驶过去:加约,露天咖啡座,卡斯特尔,美丽丛林。[1] 店铺都关了。树木已经变成黑色。幽暗的街上没有一个人,没有一丝声音,除了那辆车发出的声响。赌场里萧条又荒凉,令人生畏,绿色椅子都已废弃,窗帘垂挂着。到处弥漫着傍晚时分树林以及静止河水的静默。绕了两圈后,迪安把车停下。

"太压抑了。"他说。他拿过那本书。"我们可以继续去阿朗松[2]。有多远?"

她在书里查了查。

"二十七英里。"

"旅馆怎么样?"

"没几家。"

"一家好点的都没有吗?"

"有家给精神病人住的医院。"

"我来看看。"

他吃力地读着。几乎没有亮光了。

"这样吧,我们可以继续往巴黎赶,"他说,"大概三个小时能到。"

她一耸肩。

"照你想的来吧。"她说。

---

[1] 原文为法语:Gayot, Terrasse, Castel, Bois Joli。
[2] Alençon,下诺曼底大区奥恩省的省会。

他开始翻起书页。

"不过,我们能在这里吃饭吗?"她说。

"嗯?"他还在看书。"好的。我们吃完了再决定。"

那顿饭吃了很长时间。饭店只有一个服务员。他像杜奥蒙堡垒[1]里的老兵。对他来说,很久之前一切便已结束。他走进厨房消失了十分钟,然后拿着面包出来。有一扇门面朝大街开着,另一扇门通向旅馆。最后,他们还是选了这家住下。继续赶路太晚了。大堂黑黑的,钥匙挂在漆过的木质格子间里,几乎全都原封未动。他们走上铺着地毯的楼梯——无声无息——走向只能勉强可以称之为寝室的房间。牛奶色的墙壁已经变成土黄色,挂着厚重的酒红色帷幕。天花板上固定着透明的玻璃灯泡。这个房间阴森可怖。空气污浊。

迪安打开阳台的门。寂静无声。黑色的湖水对岸,这时赌场的灯已经亮了,黑暗中这个唯一的装饰物像窗帘般挂着。好像没人进出。海报向空荡荡的大街宣告着电影、音乐会的信息。

他们又出去转悠了会儿。空气中有股要命的无聊气息。你都可以像发现霉菌般辨认出来。几个小时的观光似乎已经够让人觉得可怕了。他们买了那部电影的票。收款员从一个巨大的卷轴上撕下两张。里面已经有些人了——至少还有人。他们得救了。他

---

[1] Fort Douaumont,法国凡尔登防御性堡垒中最高最大的一个,二战时曾落入德国人手中。

们安静地坐着，等着灯暗下来。甚至都没有人窃窃私语。终于开映了。屏幕亮起来。音乐、声音和影像从光影的变幻中诞生了。

回旅馆的路上，他们发现个别店铺很晚还开着，于是就在一个古董店橱窗前站住。那家店像个博物馆。没有一个顾客。在那些镀锡的物件中，他们忽然发现了一张白脸，是店主，一个女人，脸色苍白得像个吊唁者。

直到那个房间的门关上，转了下钥匙之后，迪安才感到摆脱了死亡。即便如此，室内陈设和暗淡的光线还是显得造作和笨拙。阳台的门已经关上。透过玻璃，他能看到木质百叶窗已经完全拉下来。床罩折叠了起来，露出干净的白色。她在谈论着电影。他什么都没听到。他只是单纯地看着，被她做的最微不足道的小动作所吸引，对她小腿的模样想入非非。

她赤裸裸地站着，双腿并拢，在盥洗池前刷着牙。迪安仔细地看着她，从坐的地方伸手触摸着她。这个动作没有居高临下的意味。这是一种再次保证的举动——他是在确定真实性。她放下牙刷，她不喜欢近距离看自己的牙齿。她用毛巾擦干嘴角，然后涂了些护肤霜。在镜子里，她的眼睛和他的目光相遇了片刻。她不敢肯定他在想什么或者要做什么。但是，他不打算说话，这点她很清楚。

她躺在床上，睁着眼睛等待着。迪安脱了衣服。他在房间走来走去，一次又一次地看着她。之后他笑了。她没有回应。她早就做好了顺从的心理准备，但不能如此轻易地表现出来。她的表情非常庄重，几乎有点叛逆的意味。他打开阳台的门，但并没有拉开百叶窗。他熄灭灯。在床上，她立刻贴到他身边，好像被黑暗释放了。她的手，那双纤细的手，往他的身子下面游走。迪安躺着不动。他的沉默，他的安静，让她觉得很舒服。它们定义了她的存在。她必须将其征服。当然这只是个游戏。他只是在等待着，他的脸上伪装出一种使她兴奋的残忍，她必须一言不发地恳求他忘掉。他的心跳得越来越快。他感觉自己在她的抚摸下胀长了一寸甚至更多。当她非常用心地把凡士林涂上去的时候，他冷得一激灵。迪安的呼吸就像长跑运动员在比赛开始前那样紧张。当她在床上惬意地趴下，就像在一张铺好的餐桌旁坐下来似的，他却想着赌场的侍者，电影院里的观众，那些黑暗的旅馆。但到此为止了，他插了进去。他们侧身躺着。他尽量不动。只有几下看不见的小小抽搐，像鱼儿轻轻地咬住诱饵。在这样的小抽搐期间，他睡着了。后来，她也睡了，他们就这样在一起度过了那个夜晚。这次旅行最后的夜晚。

33

星期天傍晚他们回到家里,被交通状况折磨得疲惫不堪。路上很拥堵。有半个钟头迪安都在为暗淡的车灯烦躁不已,现在,到了狭窄的街道上,车灯才开始明亮起来。感觉就像在水底下行驶。一道绿色的微光在遥远的上方闪烁。他拐过最后一个弯。科西嘉人那辆破破烂烂的大卡车停在撒得遍地都是的包装纸中,四周弥漫着奇异的腐烂味道。他停下的时候,车灯映照在那个漆黑的店铺的玻璃上。他关了车灯,然后又熄灭引擎。他们在车里坐了会儿。一种强烈的愉悦,一种完满之感洋溢全身。他们把她的东西全都收拾好,他帮着提到楼上。他急于离开她。他腻烦了这段时间老跟她待在一起。

我看到他穿着蓝色帆布鞋躺在床上,双手叠起放在脑后。那台收音机开着。回来的感觉真好,他告诉我。确实如此。

他看上去黝黑得像个埃及人,微笑的时候牙齿像是要从晒黑的脸上蹦出来。他说话的时候,我们恍若漫游在一片朦胧的光晕和一束音乐中。

"那么,你们都去了什么地方?"

"哪儿都去了,"他说,"昂热,奥尔良,佩劳-圭勒克[1]。我们开了很远。"

"玩得好吗?"

"真是个美丽的国家。"他平静地说。他开始给我讲起来,满是岩石的大海,那幢古老的旅馆。他还描述了卢瓦尔河,巴格诺斯那个让人心神不安的夜晚。他讲得简直不能自已。所有的细节全都喷涌而至,各种描述、感觉、气味。然后他开始沉默,收拣东西,接着又继续讲。我感觉他把这一切,在法国度过的最辉煌的生活的精华,都摆在我面前。他在有条不紊地对过去进行编排。有些事情应该坦白,他知道我感兴趣。他说没什么特别之处,但我能识别出那些事情。对我们没有谈到的事情我全心领神会。

"安-玛丽怎么样?"

"她晒得跟我一样黑了。你应该去看看她,"他说,"她看上去很棒。"

"你都成柚木色了。"

"我们碰上的天气很棒,"他说,"几乎每天都好。我们还吃

---

[1] Perros-Guirec,位于布列塔尼半岛玫瑰海岸的城镇。

了好多东西。我们坐在桌边就像一对上了年纪的法国夫妇,你知道吗,就那么单纯地吃着饭。我们每天晚上都做爱。还有,那太阳,你实在无法想象我们碰到的阳光有多好。"

他拉出衬衫给我看晒出的分界线。他咧嘴笑了笑。他是不可战胜的。感觉就像一场象棋游戏,他的棋子继续压着我,而我们早就停止了竞赛。

他一边说一边开始在屋里走来走去。他的衣服零零散散扔得到处都是。他走进卫生间找了个什么护肤品慢慢涂到脸上,特别是嘴巴周围。他又躺下来。那张瘦削的脸黑得像农场少年。脸上棱角犹存。骨头好像可以直接刺穿我。他又起来,开始在手提箱里翻拣。衣服中间有只苹果。他给了我半个。

"不用,谢谢。你没吃饭?"

"没有,只吃了午饭。"

他仰面躺下,把枕头对折起来放在脖子底下。我听着他的牙齿把坚实的果肉咬得汁水四溢。

"实在太累了,不想吃饭。"他说。

"走吧,我也什么都没吃。"

"我真的不饿。"他说。

他沿着苹果核周围小口小口地啃着,把最后的残余都吃光。吃完后,他把果核放在一本杂志上,然后盯着天花板看。

"我可能要走了。"他说。

长时间的沉默,最终还得由我来打破。

"哦，真的吗？"

"我想是吧。"

"打算去哪里？"

"美国，"他说，"回家。"

"明白了。一个人吗？"

"噢，当然了，"他说，"我的意思是，我还会回来。"

"我知道了。"

我不知道说什么好。

"嗯……"我又说。

"你知道，我只是回家待段时间。我身无分文了。从去年秋天开始我就到处晃荡，我不能再这样。已经到临界点了。所以，我得回去，而且……"他叹了口气。"……跟我父亲谈谈。当然不光这些。我得稍微规划一下。我一直在考虑回去上个学。"

"回耶鲁？"

"噢，肯定是回不去了。去个更小的学院。可能是纽约大学什么的。"

"更小？"

"噢，我不是那个意思，"他说，"我其实没想好去哪里。"

"没有。"

接着，他好像是要解释，挤出几声短促的笑声。

"唯一的问题是，"他说，"嗯，我有点缺钱。"

"当然。"

"我连买机票的钱都不太够,"他停顿了下,"所以,我想……"

"还差多少?"我问。

"我会把那辆车留给你,你知道,以防万一……"

"车?可那不是你的车啊。"

"是的,是我的。"他说。

"我以为是你什么朋友的。"

"不,不,他送给我了。有必要的话,我可以从他那里要个证明信。"

我知道这不是真的。他只是没钱了,像个赌徒那样,而且必须得到接济。我迅速思考着什么措辞能帮我拒绝他的要求,却想不出来。如果我拒绝了他……当然,那也没太大关系。他还是会过下去。另外,我也做不出这样的决定。他不会受我意见左右的——再说我也有这份钱。

"我大概需要三百美元。"他说。

"三百。"

"你能给我那么多吗?当然,我的意思是用德拉奇做抵押。"

"好吧……可以,我想可以。"

"噢,"他说着把头往后一仰,"你瞧,你真是大好人。"

是的,我发现自己甚至在帮助他准备逃跑的时候都相信这一点。这个行为有点像犯罪。我将来会为此感到惭愧的。我不过是拿他厌恶的事情换成了自己厌恶的。

"你会去多久?"

"我还不知道，"他说，"真的不知道。不是很长。也许一个月左右。我说不准。"

"哦，如果你真的回去上学……"

"没错，时间会更长些。当然，这只是一种可能。"

"……你恐怕不会回来了。"

"噢，别担心。如果那样的话我会把钱给你寄过来。我是说，我会很容易弄到那笔钱的。就算是从学费或者什么里面拿出来，都会还你。不会有任何问题。"

"我不担心。问题不在这里。整个这件事让我很意外，这才是问题所在。"

"你以为我要结婚了吧。"

"没有。"

"我也许会。"

"真的？"

"我考虑过这事。"他说。

"我想也是。"

他跳起来。答应给钱让他立刻有了食欲。我们下了楼，沿着空荡荡的大街朝广场走去。欧坦很寂静，但是它沉睡时就像一个年老的女人。它不用醒来就能听到任何声音。它永远不会老。它能在黑暗中看见东西。

埋没在小镇深处其他楼房中——有很多小巷你可以通过，猫认得路——在树木和黑色的枝叶之上，神秘的香气弥漫，树枝晃动,在一个充满这样的傍晚凉风的房间里,她躺着睡着了,苍白的胳膊垂下来,嘴唇张着。表面光亮的橘黄色橱柜门关闭着,水池边挂着一条展开的毛巾。她的牙刷——我的手斗胆轻轻地碰了下——已经不湿了。衣服扔在地板上。我看到了她的鞋子,软塌塌的长筒袜。最后我看了她一眼,我的心简直要滴血了,她的眼睛没有闭着。她正看着我。那干净、青春的眼白,那蓝色的眼白——我被它看到了。

我甚至有种预感,我们出去吃三明治时会碰到她。这让我很害怕。我坚信她会从我脸上看到我们刚刚做了什么。我准备全部坦白。我没有丝毫逃避或者撒谎的本能,但是,迪安,噢,他会对她笑脸相迎。全部区别就在这里。我没有足够的坚毅去爱她。人大概都是很自私的。

看着他吃饭,对我来说是种折磨。我渐渐陷入某种难以察觉的、微妙的憎恶中。我再也听不到他在说什么。我只意识到自己心思活动和他牙齿咀嚼面包的声音。他散发着镇定自信的臭气。我们都听命他摆布。我们屈从于他的友情,他的爱情。我们顺应的是他的世界的法则,而这些法则我们却努力从自身去寻找。我甚至都无法确定他的魅力,总是闪闪烁烁,时有时无——没有这点,他就是空壳,一具没有呼吸的尸体,跟我自己在镜子里的影像一样普通——正是这种魅力保证了他的存在,即使是后来,即使在他死后。

34

他会回来找她的。沉默。她看着他,然后只说了一个词:

"不会。"

"会的。"

"不会。"她冷淡地说。

好吧,那他就没法解释了,他说。如果她坚持说她知道……她坐在那里看着他,嘴唇耷拉着,眼睛充满了狐疑。他说会回来接她。

"什么时候?"

"我说不准。我得弄到那笔钱。"

"什么?"

"钱,买票钱。"

迅速又讥讽地一耸肩。

"你愿意听吗？"他说。

她什么也没说。

"我现在就缺这笔钱。"他解释说。

她的脸似乎柔和了许多，但仍然带着不理解，或者至少不同意。她看着地板。

"你瞧，我向你发誓。"他说。他举起手。

她抬头看了看。

"真的。"他说。

"以你在天上的母亲为证？"

"是的。"

她用下巴示意了下。

"什么？"

"讲出来。"她说。

"以我在天上的母亲为证。"

她叹了口气。他坐在床上她旁边。他躺下来，开始聊起未来会怎么样。开始她还很抵触，但后来，他从自己说话声音突然消失的方式，从她的绝对安静这些反应判断，她开始在听了。他们会走遍那个城市，他会带她见识那里的每个角落。他们会在宽阔的林荫大道散步，逛遍所有的店铺。星期六晚上，他们会在外面玩到很晚，然后再去跳舞。她可能会只有两种衣服：居家穿的宽松长裤和羊毛衫——他则穿条灯芯绒裤子——另外一种是外出穿的漂亮裙子。两种，他纠正说，一种下午穿的，一种晚上穿的。

他只有一套精致的正装，颜色很深，灰色，可能是黑色。一张床。一个桌子。几把椅子。他们的窗户对着一座桥。

他们安静地躺着，呼吸轻柔，脑袋靠在仍然套着印花枕套的长枕上。百叶窗拉了下来。正午已经降临。传来碟子隐隐约约的碰撞声，除此之外，有一种充满仪式感的寂静。也许还有收音机的声音。一辆偶尔经过的车。他们睡着了。

他们在不同的世界醒过来。迪安的眼睛茫然地四处游移，最后落在那只钟表上。已经过去一个小时了。他坐起来，悄无声息地开始脱衣服，先脱掉鞋，然后是袜子。脚下地板冰凉，舒适。

他们赤身裸体在镜子前摆着姿势。迪安要高些。他身体的肤色比较深，稍微错开点站在她旁边，像她的影子。阳光以细而平直的条状、鳃状钻进室内，横过地板。他在后面从她的两腿间滑进去，她轻轻地主动夹住。她又把手伸到后面用指尖抚摸着他的睾丸。他看着像个救生员。他的臀部突出一块小小的脂肪，像个大理石抓手。

他们开始慢慢地做起爱来。他把她横着压在那些深色的花朵上，然后往里插进去，好像在往一根圆木里打楔子。后来他又让她骑在自己身上。她的声音几乎觉察不到，仿佛街上传来的低语。

"感觉它快要碰到我的心脏了。"她说。

她微微抬起身子，手撑在他的腰上。

"我想是的。"她说。

迪安笑了。他又把她压低了一点，她轻轻地挣扎着。接着他把她翻过来,然后突然探进去。感觉像一场爱的暴雨。他心念所到之处,全被这场大雨浸透。好像在各自的房间,好像在各做各的动作,各忙各的,直到最后一刹那来临,之后两人瘫倒在床,被单在身边七零八落。他们声音低沉,若有若无。窗外,鸽子在瓦楞上蹒跚行走。

他们开车去圣莱热,阳光泼洒在车的深处,打在他们的膝盖上。街道在他们身后消失了。拐过最后那个弯道。他们开始进入长长的下坡路,穿过短短的凉爽的隧道,再往下走,钻过高架桥,空空的桥洞弥漫着蓝色,经过路标飘然而去。树木从他们身边流过。车不断加速,巨大的车轴噼啪作响,公路在下面飞跑。

她母亲见到他们很高兴。大家围坐在厨房的餐桌边说话,那只猫有规律地在迪安的脚间穿过去,再返回来,靠在他的脚踝上。虽然大家都在说着话,但房间里有种奇怪的安静。就像医院的走廊或者空空的病房。迪安感觉她母亲时不时瞥自己几眼。她盯着他看的时候几乎有些羞涩。每当他们的目光相遇,她就会笑一笑。她丈夫在忙着干活儿。他经常坐的那把靠墙放着的椅子空着。那是把木椅子,上面放了张薄薄的、脏兮兮的软垫。安-玛丽没有跟母亲提迪安就要走了。她们聊着邻居、车祸、衣服之类的事。整个下午就是说些家长里短。没有任何迹象让人觉得他是最后一次看着这个房间。

他们回来时已经晚了。车都停在那个广场;鸟在天黑前做最后的飞行。他们在酒店吃了晚饭。餐厅里人很拥挤。她非常动情。

那份感情灌注在她那最细小的动作和微笑中。这顿饭完全在不知不觉中变成了一次机遇，一次长长的因为月经期到来而中断的感情缠绵的机遇。他们聊着往事，回忆着各种地方、艰难和欢乐。她已经在喝第二杯葡萄酒。外面，蓝色的夜幕已经降临。我在这里吃过很多次饭，熟悉这个被洁白的桌布映衬得发亮的大房间里就餐者的声音，那慢条斯理的交谈，那偶尔发出的一声大笑。吃完饭，一切都结束的时候，我听到她鞋跟敲击的声音，不慌不忙，有些细弱，当她最后走到门口时，停了下来。各种瞥视的目光像鞠躬致意般尾随她而来。她等待着。他付完款后走过来，两人一起出去来到街上。我独自留在自己的那张桌边——我经常想象这幅情景——看着他们转身穿过那个拱形门，来到那些亮着灯的柜子之间，最后消失掉。不知名的情侣。他们消失在小镇。我永远不会再见到他们。我坐在那里。至少十分钟后我才能吃到甜点。侍者将会走过来，清理掉主菜，送来我点的东西。

他们爬上楼梯。钥匙在门里转动。简单的犯罪机关。他躺在床上，赤裸着身子，这时她正在卸眼妆。传来水流声。她把脸凑近镜子。她可以看到他在镜子里，身形被拉长了，一只手安放在大腿内侧。

"你就像个死去的国王。"她说。

她把百叶窗打开些。从教堂涌上来的灯光似乎也给神秘的天空带来一根黑暗的棍子，一根铁芯。迪安跟她做爱时极尽温柔，吻着她的肩膀，听着她的喘息声。就像他以前从来没有做过。他试图记住她。他的手小心地抚摸着她。他的唇间清晰地说出虔诚的词句。

后来他们默默地躺了很长时间。什么都没有了。他们的诗散落在他们周围。时光无处不崩溃,已经像纸牌般倒下。房间的空气中有股寒意。他把被子拉上来。她纹丝不动,好像睡着了。他摸了摸她的脸。它被泪水浸湿了。

35

他要离开的那个早晨到来了,最后的那个早晨,跟任何别的早晨一样普普通通。前一天晚上他们是一起过的。迪安看着她在房间走来走去,穿衣打扮。已经没话可说。一切都令人无可奈何地安静,不真实。东西好像都是假的,这样那样的行为虽然必要,但已经毫无意义。他送她去上班——小镇刚刚开始扰动——他们在外面停了几分钟。这条街还在暗影中,而且很冷。几个人走过去。终于,他们说了再见。迪安发动起车。她站着等着。他慢慢开走了,穿过沿途朝阳的公寓。他回过头。最后挥了挥手。街道弯弯曲曲。他走了。

突然,他加快速度,陡然向前冲去,像从一个通道里出来。空气透明又清新。欧坦灰色的门面有了生气。他冲动之下停住车,想买个橘子。

我听到门开了,他走进来。

"喂……"他终于说。

他坐下来,似乎满怀无奈,然后又站起身。

"你几点钟走?"

"还有大约两个小时,"他说,"我想把几件东西留在这里。可以吗?"

"我不知道。你要我怎么处理这些东西呢?"我在这里也不会待很长时间,顶多几天。

"没什么。我就是不想随身带着,"他说,"也许我可以把它们放在车里。"

"那样更好。"

"我也想这样。"

他给了我几瓣橘子。我们坐着吃着橘子。嘴里满是冰冷的橘汁。籽粒很多,而且很白。我们把籽吐到手掌里。

"我们干吗不到火车站吃点东西?"他说。

"好吧。"

"我得先把行李收拾好了。"他说。

"需要帮忙吗?"

"不用。没有多少东西。"

我看着他在收拾最后几件东西。我们开车来到车站,坐在刚出来不久的炎热的阳光下。游客们在往自己的车上装东西。

"你感觉怎么样?"

"我不知道，"他说，"有点紧张。"

然后他耸耸肩。稍顿片刻，他又补充了句：

"有些兴奋，我想。"

"我想也是。"

"已经过去好长时间了，"他说，"你还记得我刚来的那天吗？"

他刚来的那天……

"我以为我可能会待上几个星期，"他大笑道，"几个星期。我感觉就像待了整整一辈子。"

没错，是这样。我也像待了一辈子。那漫长的几个月。感觉好像在监狱里度过。我的肋骨清晰可见，皮肉苍白，白得我都羞于脱掉衣服。这样的痛苦像泡在浓浓的盐水中。

火车十一点四十分出站。我们在火车站称量过他的行李。二十二千克。我们算出结果，他的行李超重了几磅。到机场后他可以取出几样东西，放在自己兜里。

"只是我没有什么太重的东西。"他若有所思地说。

"鞋子。"

"嗯，"他说，"那看上去很棒。"

我们站在空旷的站台上，孤单得像海鸥。这个车站太荒凉。钟表上笔直的黑针每走一下就跳一下。忽然我完全被这个简单的事实击溃了：他就要走了。我们在这里等火车。这是最后的时刻。

火车终于出现了。先是无声无息，甚至逼到了跟前，而且好像不打算减速。接着它的气息触碰到了我们。车窗掠过，连成一条线，就在我们的眼睛上方。接着它们分离开来，减速，停下。我们朝门口走去。我跟在他后面。我们找了个空的隔间，把行李放在头顶的架子上。我觉得很尴尬，不过无须等太长时间，一两分钟后汽笛就叫了。我道过别，走下车来到站台上。火车开始启动。很快就加快速度。我看到他在挥手。我往后退了几步。我也挥了挥手。这个瞬间，我想起了她，孤孤单单，正埋头做着早上的工作。她的脸蛋好像很普通，下巴很小。奥凯迪先生问她是不是哪里不舒服。挺好的，先生，她说。她肯定吗——她看上去生病了。她试图笑笑。没有，先生。我无法想象她是什么感觉。当火车在早晨的空气中蜿蜒穿过那座高耸的高架桥时，我只能通过她绝对、彻底的沉默去感受。

德拉奇安卧在阳光中，头朝里停在路边。我绕着它走了一圈。法国的灰尘、油乎乎的黑色物质粘在制动鼓上。薄薄一层死掉的昆虫糊在灯上。我驾驶着它朝家开去。感觉有点像开卡车。我想象咖啡馆里的人要打量我了，有些紧张。不出所料，在那个拐角，车熄火了。我试着想再发动起来。一个摩托车手来到我身边，打量了半天。

下午过半，从巴黎打来一个电话。是迪安。线路不好——他的声音听着很刺耳。

"巴黎怎么样？"

"老天，太拥挤了，"他说，"这儿足有一百万游客。"

"真的？"

"你应该来看看这些汽车。"

"他们给你预留座位了吗?"

"留了,"他说,"一切都很顺利。我七点半出发。他们把我当成法国人了,感觉太好了。我想可能是因为我穿着黑衬衣。噢,可能是因为衬衣有些脏……"

"那是因为你的发型。"

"你说得对。瞧,谢天谢地。我才到这儿就开始想念过去发生的一切了。我会写封长信。"

"好的。"

那天晚上天气平静又清澈。我要去乔布家吃饭,大约七点出发,有的是时间。街上好像出奇地安静,也许只是我不再注意聆听了。卡鲁日广场。我穿到对面抬头望去。她的百叶窗关着。说不准她在不在。周末她可能会回家,我知道,她在暮色中从火车站走出来,自行车从她身边经过,声音轻柔。她的提箱从这只手换到另一只手,因为这样,她走得有些不稳,几乎有点笨拙。她穿着高跟鞋。最后那段沿河的路差不多花了她半个小时。运河的水面很平静。天色逐渐暗淡。燕子斜着飞过田野,没入昏暗。乔布夫人,她的脸像只手肘,到门口来迎我。

他登机前,奥利的太阳已经沉落。几乎没有风。有种巨大而不祥的平静。远处,城市的屋顶模糊不清,凄凉得像冬天。烟雾迷蒙。东边逐渐黑起来。飞机上一切都光彩夺目。迪安坐在窗边,静谧的夜晚,飞机载着大家向跑道移动时,巨大的轮胎在水泥地面的接缝处颠簸了几下。安全带指示灯亮着。"禁止吸烟"的也亮着。突然,我的想象力开始恐慌起来,胡冲乱撞。我追随他的时间太长,对各种危险很敏感。他们平缓地转入起飞的方向。整个完美无瑕的飞行器开始动起来。巨大优雅的机翼颤抖着。发动机在咆哮。现在,最后的刹那,飞机开始以我无法承受的威严慢慢移动,很长时间好像并没有加速,最后突然疾驰过来,抬升,腾空而起。急遽爬升。夏季天空柔和的黑暗接纳了它。灯火越来越暗淡,声音越来越微弱,最后,整个法国,现在已经看不见,听不到,所有季节的法国深深地陷入夜晚的寂静中,被抛在后面了。

36

我们在弗伊咖啡馆见面。它就像一节空荡荡的火车车厢,里面一排冷清的隔间,桌子都摆在后面。傍晚的阳光充满了它,散发着外省的宁静。老板在跟一个朋友玩多米诺牌。

这一天已经结束了,她独自一人走到我坐的地方,机械地伸出手。握住以后只朝下晃了一下,我们都有些尴尬。

"你好。"她平静地说。

"你好。"

她坐下来,眼睛低垂,望着我们之间光秃秃的桌子。门口的天色似乎还很白,浑浊的水的那种白色。车辆无声地开过去。

六月十二日,迪安在一场摩托车车祸中死去。有关细节知道得很少。当时正下着雨。是在晚上。在他去乡下看望妹妹的路上。玻璃碎碴撒得遍地都是,大雨直往下砸。四面八方的小汽车排着长队等待通过，车灯扎堆，像长长的送葬队伍缓缓移动着。我无法相信这个消息。好像不可能，好像是假的，虽然我始终都有这样的预感。

在我们谈话之前，我发觉自己一直在不停地看她——我能这样做还不被她察觉——好像从来没有发生过那么多事情，她还是那个在金星咖啡馆桌子对面坐着的女孩，因为忽然之间，她还是同一个女孩，苍白，迷茫，听天由命。完全就像我们初次见面时的那个样子。我不知说什么好。没办法。我就是不知道。我对面是个普通的女孩，长得好看，也许不太聪明。沉默开始吞噬我们。我们坐在那个狭窄、空荡的房间。我面对着窗户，她面对着后边。我握住她的手。我一碰到，她眼里就噙满泪水。她开始哭起来。我低头望着。她知道了，她说。她说话的时候，眼泪顺着脸颊流下来。她任由眼泪往下淌。我们坐着什么都没说。

"安-玛丽，"我说，"你以后打算怎么办？会继续待在这里吗？"
她一耸肩。
"我不知道。"她轻声说。
"也许你回家去会更好。"
"不。"她说。
"我知道了。你确定？"
她点点头。
"唉……你知道，我就要走了，我自己。我想你可能不想待在这里了，如果你去别的什么地方，需要帮助，嗯，我很乐意……

只要我能，做什么都可以。我的意思是，如果你需要钱……"

她好像没有在听。谢谢，她说。

很难堪。过了会儿，我试图再次提起话头。我问能否一起吃个晚饭。她好像考虑了下，最后又摇摇头说，不。我等着她谈谈他，谈谈自己，什么都行，可始终没有等到。眼泪冲花了她的妆容，她也没去擦掉。我们就在弗伊咖啡馆说了再见，然后一起走到门口。外面大街上到处都是买东西的人。轿车只能勉强通过。我看着她穿过马路，她从人们身边经过，不曾碰到任何人，走得非常快。

也许——她能够这样，我知道——晚上她最终会出来，来到火车站，一个人沿着那条宽阔的大街往下走，好像只是在漫步。因为，在迪安的生活中，如果有这样那样的事情，只要他开口，不管在什么地方她都会过来，无论多远。她不会犹豫。她会过来见他，我非常清楚她会怎么做，知道她有多么慷慨，多么本色。他们第一次用她教给他的语言交流，又是多么甜蜜。

37

许多思绪的碎片来到我身边,被发现,又重新浮现。我在房间里走来走去,捡拾或者回忆那些让我产生幻觉的往事,它们诱导我去幻想——那些细节,那些爱情的遗迹,充满了令人心痛的美。在一个抽屉的深处,我发现了他们在南锡写的旅馆名单丢失的那部分。跟另外一部分正好能拼上。上面写着几个奇怪的、僵死的单词:方尖碑,苏伊士,所有的,鸟的世界。只有一个是她写的:丽兹。

那个寒冷的早晨,阳光透过巨大的窗户,透过有些瑕疵的玻璃落在我脸上,玻璃仿佛被星期日的苦涩沉默净化了。黎明时分,廉价酒吧里飘着蓝烟。退伍老兵们咳嗽不已。南锡,她出生的地方,她在那里学会了这样稚嫩而寻常的笔迹:

……没有任何东西不属于你，我所想的一切，我能感觉到的一切。我唯一感到遗憾的，是我知道的还不够多。但是我不在乎你是否从来不属于我，我只想属于你，尽管对我严厉苛刻好了，但不要离开，就像你和另一个女孩在一起一样——求你了。否则我会死。我现在明白了，我们会为爱而死。

我收到他父亲的一封信，从巴黎寄来的，请我转交他的私人物品。克里斯蒂娜说她会处理这事。我向她保证没有多少东西。至于那部轿车，说来也怪——登记的名字是普里查德，花园大街十六号，他们认识这个人。他们认为他应该是去希腊避暑了，但他们也会处理好这事的。也许吧。车停在房子附近的树下，锁着，但是已经像个迟暮的老人，开始在人们眼前崩坏。轮胎看起来很光滑。有树叶落在引擎盖和泛白的车顶上。车轮附近已经能隐约发现镀铬褪色的迹象。透过布满划痕的蓝色玻璃窗，会看到里面的真皮座椅已经干燥开裂。它就停在那里，这台已经停止运转的机器，仪表盘上的电子时钟无声地走动着，慢慢耗干最后的生命。某一天这时钟会走错。指针凝固。它就走到尽头了。

　　寂静。这种寂静同样弥漫在我的生命中，我并非不愿表达。在我看来，荒凉的不是欧洲那些巨大的广场，而是数不清的小镇，对旅行者死死封闭着，跟乡村一样沉寂。房屋的百叶窗全都拉下来了。只能偶尔看到几丝最微弱的灯光透出。田野逐渐暗了下来，燕子横掠而过。我开着车迅速穿过这些小镇。在天黑之前，电影院的霓虹灯亮起之前，孤独的晚餐开始之前，我已经远离它们。我从不在外过夜。

当然，在某种意义上说，迪安从来没有死——他的存在超越了这样的意外事件。人必须要有英雄，也就是说，人必须创造英雄。借助我们的嫉妒和虔诚，他们变得真实。是我们赋予了他们崇高和力量，而这些东西是我们自己永远无法拥有的。反过来，他们会给予某些回报。但他们是凡人，这些英雄，跟我们一样终有一死。他们会逐渐黯淡。他们会消失。他们会被超越，被遗忘——直到再也没有人听说过他们。

至于安－玛丽，她现在生活在特鲁瓦，或者在那里生活过。她结婚了。我想还有几个孩子。星期天他们一起散步，阳光洒在他们身上。他们会拜访朋友，聊天，傍晚时分回家，沉浸在人人向往的美好生活深处。

A SPORT AND A PASTIME

Copyright © James Salter 1967
Simplified Chinese translation copyright © 2019
by Beijing Imaginist Time Culture Co., Ltd.
ALL RIGHTS RESERVED

著作权合同登记图字：20-2022-030

图书在版编目(CIP)数据

一场游戏一次消遣 / (美) 詹姆斯·索特著；杨向荣译.
— 桂林：广西师范大学出版社, 2019.10（2022.2重印）
(詹姆斯·索特作品)

ISBN 978-7-5598-1700-6

Ⅰ.①一… Ⅱ.①詹… ②杨… Ⅲ.①长篇小说－美国－现代 Ⅳ.①I712.45

中国版本图书馆CIP数据核字(2019)第058335号

广西师范大学出版社出版发行
　　广西桂林市五里店路9号　邮政编码：541004
　　　网址：www.bbtpress.com

出　版　人：黄轩庄
责任编辑：雷　韵
封面设计：陆智昌
内文制作：陈基胜

全国新华书店经销
发行热线：010-64284815
山东韵杰文化科技有限公司

开本：880mm×1230mm　1/32
印张：7.875　字数：158千字
2019年10月第1版　2022年2月第2次印刷
定价：57.00元

如发现印装质量问题，影响阅读，请与出版社发行部门联系调换。